JN102125

最強ギフトで領地経営スロ〜ライフ

辺境の村を
開拓していたら
英雄級の人材が
わんさか
やってきた!

2

音速炒飯
Cyarhan Onsoku
イラスト riritto

マリエル・レットハート

ノウゼン公国第四王女で、メルキスの許嫁。
ギフト【異次元倉庫】を授かる。
メルキスを追って辺境の村にやってきた。

メルキス・ロードベルグ

伯爵家で育ち、15歳の誕生日に
ギフト【根源魔法】を授かる。
それを理由に家から追放されているが、
当の本人は試練だと思っている。

《ソルダリ村の人々》

リリー

村のシスターさん。
お肉が大好き。

カエデ・モチヅキ

メルキスを暗殺するべく
極東からやってきたシノビ。
ギフト【毒の化身】を授かる。
今はメルキスの護衛を担当している。

ナスターシャ

レインボードラゴンの女の子。
とても強いが臆病。

《武闘大会で出会った人々》

大賢者エンピナ

長寿命のエルフ族。
ギフト【クリスタルパワー】を
駆使する。

ジャッホ

ギフト【アクセラレーション】を授かる。
昨年の大会で
メルキスに惨敗し、
何かに目覚めた。

《ロードベルグ家》

カストル・ロードベルグ

メルキスの弟。
ギフト【剣聖】を授かる。

ザッハーク・ロードベルグ

メルキスの父。
【剣聖】を授からなかった
メルキスを
家から追放する。

OUTLINE あらすじ

ロードベルグ伯爵家の長男・メルキスは十五歳になり、【根源魔法】という誰も聞いた事のない才能(ギフト)を授かる。

代々【剣聖】のギフトを授かっていたロードベルグ家の期待に添えなかったことで父は激怒し、辺境領地の領主としてメルキスを追放する。

しかし、モンスターに初めて立ち向かったとき、メルキスは【根源魔法】の真の力に気付く。それは、「見た魔法を完全にコピーすることができ、威力も爆発的に上げる」という最強のギフトだった。

「偉大な父上が、僕の【根源魔法】の力を見抜けなかったのはおかしい……そうか、父上は僕を1人前にするために僕を追放したんだ。これは試練なんだ!」

こうしてメルキスの勘違い領地経営が始まった――。

押しかけてきた婚約者・マリエルとともに、村人たちの悩みを解決するうちに、領地はみるみる発展していくが……?

CONTENTS

一章 村のいつもの日常

SAIKYOGIFT DE
RYOCHI KEIEI SLOWLIFE

「良い朝だ……」

ベッドの上で僕は伸びをする。

鳥が外でさえずっていて、空も晴れていて、きっといい一日になるだろうという予感がする。

僕の名前はメルキス・ロードベルグ。

ロードベルグ伯爵家で育ち、一五歳の誕生日にハズレギフト【根源魔法（こんげんまほう）】を授かったことを理由に父上に追放された——ということになっている。

しかし僕は気付いている。これは全て僕を、規格外に強い【根源魔法】の持ち主に相応しい一人前に育て上げるための父上の試練だということに。

父上は、僕を辺境にあるこの村の領主に任命した後、様々な試練を課した。

村の近くにある瘴気（しょうき）発生源の封印を解いたり。

巨大なニワトリを村に向けて放ったり。

極東の暗殺者を差し向けたり。

時に過酷な試練もあったが、それを乗り越える中で僕は以前より精神的にも肉体的にも強くなれた。

ベッドの隣では、幼馴染であり婚約者でもある第四王女マリエルが眠っている。

『父親に無理やり決められた婚約者』である僕についてこの村まで来てくれて、とても嬉しい。

マリエルの寝顔はとても可愛い。本当はその顔をそっと撫でたいところだけど、やめておく。マリエルにとって、僕はまだ『父親に無理やり決められた婚約者』でしかないのだ。僕にそんな資格はない。

「おはよう、メルキス」

そうして眺めていると、マリエルも目を覚ましたようだ。

少し照れたような笑顔で挨拶してくれる。

マリエルは一旦別の部屋に行って、着替えて戻ってくる。

そして、髪飾りを持ってきてつけてくれと言ってくる。以前僕がマリエルの誕生日に贈ったものだ。

こうしてマリエルに髪飾りをつけるのが、僕とマリエルの日課である。

女性の身だしなみに詳しくない僕よりも、住み込みで働いているメイドさんに頼んだ方が綺麗に仕上がると思うのだが。何を思っているのかはわからないが、マリエルが毎朝僕のところへ来て髪飾りをつけてくれというのだ。

こうして朝の身支度が終わる。

ダイニングへ向かうと、すでにメイドさんが朝食の準備を済ませてくれていた。

今日の朝食は、白米、味噌汁、焼き魚、納豆というメニューだ。

この村では、極東出身の暗殺者シノビの皆さんが持ち込んだ極東大陸の食文化が根付いているのだ。

毎日ではないが、週に三、四日は極東大陸式の朝食が出てくる。

「「いただきます」」

僕とマリエルは手を合わせ、食事を口に運ぶ。

白米と味噌汁の素朴な温かさが体に染み入る。ちなみにマリエルは納豆にカラシを入れる派、僕はネギを入れる派だ。

「ねぇメルキス、今日から王国武闘大会にむけて特訓を始めるんだよね？」

――王国武闘大会。

年に一度王都で開催される、王国最大の武闘大会だ。

大会参加者のレベルも非常に高い。年によっては、英雄と呼ばれるようなとんでもない猛者が参加することもある。

レギュレーションはギフトを手にする前の一四歳までのジュニアクラスと、一五歳以上のシニアクラスに分かれている。

僕は昨年のジュニアクラスで優勝したので、予選免除のシード権を貰っているのだ。

シニアクラスは当然ジュニアクラスとはレベルがまるで違う。どんな強敵と戦えるのか、開催まで一月あるというのに今からワクワクしている。

「頑張ってね、応援してるよ」

マリエルも僕の武闘大会参加を応援してくれている。

身支度を整えて、僕は屋敷を出る。今日は、一〇〇キロ程度ランニングして体を慣らしていく予定だ。

「おはようございます、主殿」

屋敷の玄関の前で、黒ずくめの衣装に身を包んだ少女がひざまずいていた。

彼女の名前はカエデ。極東大陸出身のシノビだ。

元はシノビの里の頭領に命じられて、僕を暗殺しに来ていた。

【刻印魔法】という相手を強制服従させる魔法を使って無理やり命令を聞かされていたのだ。そして、僕が魔法を上書きすることによって支配から脱出させることに成功した。

僕は何も命じていないのだが、僕を主人と認定して寝ている間の護衛などを務めてくれている。

「おはよう。僕は今からランニングに出かけるところだ。良かったらカエデも来るか？」

「承知いたしました。それでは、私も護衛としてお供します」

「なに？　領主サマがランニングで遠出するって？」

話を聞きつけて、村の皆さんも集まってくる。

「護衛が一人じゃ何かあったときに不安だ。俺達もついていきやす」

と言ったのは、村の冒険者のまとめ役タイムロットさんだ。

「当然我々もついていきます」

と、いつの間にかひざまずいた姿勢で現れていたカエデの部下のシノビ達。

「ボク達もついていきますニャ！」

と、キャト族の皆さん。

キャト族は子供程度の大きさの、二足歩行するネコのような姿の種族だ。村では主に、外部との貿易を担当してくれている。

「村の大半の人が集まってしまったな……」

「はい、じゃあ全員準備して三〇分後に村の広場に集合！」

何故かマリエルまで出てきてまとめ始めている。

なんだか、ずいぶん大ごとになってしまったな。

こうして、村の大半の人を連れた大マラソン大会が始まったのだった。

〝ドドドドドドド……〟

僕達は、村の近くの山道を駆け抜ける。この村の住人は皆、僕が掛けた【刻印魔法】によって身体能力が大幅に強化されている。

全員走るスピードが馬車以上だ。それがこれだけの人数で走っているので、ちょっとした地響きが起きる。

しかも馬では不可能な、木などを回避して小回りがきく動きで森の中を走る。急な坂道も鼻歌混じりで登っていく。

シノビの皆さんは、身軽に頭上の木を飛び移りながら移動している。こちらも馬以上の速度で移動しているのだが、まるで音がしない。

僕達は、森の中の開けた場所にたどり着く。

「皆さん、お待ちしていましたニャ」

そこでは、先にキャト族の皆さんが待っていた。小川で釣りをしてヒマつぶしをしている人もいる。

それほどキャト族さん達の脚は速いのだ。

元々素早い種族なのに加えて、【刻印魔法】の力で強化されておりもはや常人では目で捉えられないほどのスピードになっている。

「相変わらずお速いですね」

「ふふん。キャト族の脚の速さは大陸トップクラスなのニャ！」

キャト族さんが胸を張って得意げに語る。その姿は、とても可愛らしい。

そのとき、キャト族さんの耳がピクリと動く。

「遠くから、人間の悲鳴が聞こえましたニャ！　領主様、どうしますニャ!?」

「もちろん、助けに行きましょう！」

キャト族の皆さんに先導してもらい、僕達は悲鳴の聞こえた方へと向かう。

森を駆け抜けて、開けた街へ着く。港街だ。

レンガで舗装されている明るい雰囲気の街だ。通りも広くて活気がある。

人の悲鳴は港の方から聞こえている。

そこでは今まさに、サハギン――二足歩行の半魚人モンスターが、モリを持って市民を襲っているところだった。

「うわああ！」

サハギンに囲まれた一人の冒険者が悲鳴を上げている。手にした剣はぽっきりと折れていた。

抵抗できなくなった冒険者さんに対し、サハギンがモリを振り上げている。

「も、もうだめだー！」

港街の冒険者さんが悲鳴を上げたとき。サハギン達が急に止まった。

そして、サハギン達の体がバラバラに崩れていく。

「え？　え？」

港街の冒険者さんは、何が起きたのかわからない様子だ。彼は、いつの間にか横に立っていたタイムロットさんに話しかける。

「な、なぁもしかしてアンタが助けてくれたのか？　サハギンどもが一瞬でバラバラになったけど、一体どんなすごい技を使ったんだ⁉」

「なにって、俺はただアンタがまばたきしてる間に斧で五回、半魚人どもを叩き切っただけだぜ？」

僕の村の仲間は全員、【刻印魔法】で身体能力が強化されているため、常識が崩壊している。瞬きする間に五回斧で斬り付けるのは世間一般では規格外……なのだが、この村では大したことではないのだ。

他の冒険者さん達も、斧や剣でサハギンの群れを目にもとまらぬスピードで斬り伏せていく。

シノビさん達が煙幕でサハギンを攪乱し、パニックになったサハギン達を音もなく〝クナイ〟と呼ばれる短剣で仕留めていく。

「すっげぇ……」

港街の冒険者さん達は呆然と呟いていた。

そのとき。

〝ザバァ！〟

沖合で、大きく水飛沫が上がる。

巨大な褐色のサメが海面から飛び上がっていた。

「あれは……エンシェントシャークだ！」

エンシェントシャーク。巨体と石のような硬い肌を持つ、古くから生息しているというモンスターだ。さっきのサハギンも、エンシェントシャークに追い立てられて襲ってきたのだろう。

波をかき分けて、一直線に襲ってくる。

「もうダメだ、この港はおしまいだ」

港街の冒険者さん達が絶望して地面に膝をついていた。

「ワ、ワタシは逃げますぅ」

そう言ったのは、村の仲間の一人、ナスターシャ。

虹色の髪を持つ、臆病な女性……に見える。が、正体はドラゴンの中でも高位種のレインボードラゴンだ。

ナスターシャがドラゴン形態になって飛んで逃げようとする。しかし、それはマズイ。

エンシェントシャークは大きな獲物を見つけたと思ったのだろう。海から飛び出して、ドラゴン形態のナスターシャに向かって飛んでいく。

「なんでですかぁ～!?」

ナスターシャが泣きそうな声を出す。

エンシェントシャークのアゴがナスターシャに喰らいつく。

〝バキバキバキィ！〟

鉄をも貫くエンシェントシャークの牙が全て折れていた。一方ナスターシャの虹色に輝くウロコには傷一つない。

もっとも、ナスターシャ自身はとても怯えているのだが……。

エンシェントシャークが顎(あご)を開いてナスターシャを放す。

ナスターシャが（結果的に）オトリになってくれたおかげで空中のエンシェントシャークは隙だらけだ。ここで一気に倒す！

「魔法融合発動。下級火属性魔法〝ファイアーボール〟と中級植物魔法〝グローアップ〟を融合。〝業火と深緑の彼岸花(ひがんばな)〟」

地面から緑の芽がいくつも息吹いて、急成長。茎の先端で、鮮やかな赤い花が開く。

彼岸花という極東大陸に根付いている花だ。港街の一角が夕日に照らされているかのように紅い花園になる。

ただの彼岸花ではない。花の一つ一つが鉄をも融かす高熱を秘めている。恐ろしくも美しい、燃える花園にエンシェントシャークが落下してくる。

その巨体が落下して花に触れた瞬間――

〝ジュワッッ！〟

エンシェントシャークは蒸発した。

最後の叫びを上げる間さえなく跡形もなく消し飛んだ。

――こうして、港街のモンスター騒動は幕を閉じた。

「この度は、本当にありがとうございました」

僕達に向かって深々と頭を下げているのは、この港街の領主さんだ。

「皆様が来てくださらなければ、この街と港の船は破壊され尽くして再起不能になっていたでしょう、本当になんとお礼を申し上げていいやら」

後ろでは街の住人や冒険者さんも頭を下げている。

「お礼に、私達にできることがあれば何なりとお申し付けください」

僕は、街を見渡す。

港街らしく、交易品や水揚げされた海産物が運び込まれてはどこかへと出荷されていく。

しかし、特に欲しいものは……。

「主人殿、いただけるのであればこの新鮮な魚をいただきましょう」

村のシノビの一人が後ろから声をかけてくる。

「魚は鮮度が命。これほど新鮮な魚はめったにお目にかかれません。是非いただきましょう！」

「鮮度、ですか。そんなに魚は鮮度によって味が変わるのですか？」

「変わります！」

シノビさんはキッパリと言い切った。

すごい熱意だ。

そこまで言われては、いただいて帰るしかない。

「では、この街の特産の魚介類をいただきたいです」

「承知しました！　街の自慢の魚介類を気に入っていただけて私達も鼻が高いです。すぐ準備に取り掛かりましょう！」

港街の領主さんが指揮して、あっという間に山盛りの魚を用意してくれた。

どれも活きが良くて、まだピチピチと跳ねているものもいる。

「運送もお任せください。今、メルキス様の村への馬車隊を募っています。少しお待ちくだされば――」

「いえ、それには及びません。マリエル、頼む」

「任せておいて！」

マリエルが異次元に繋がる穴を開けて、魚をポンポン放り込んでいく。港街の領主さんと領民達が、口をあんぐり開けて見ていた。

こうして、盛大に見送られながら僕達は港街を後にした。

僕達が村に帰り着いたのは夕方だった。
馬に乗ってあの港街まで行ったら往復で丸三日は掛かるので、かなり早いと言えるだろう。
マリエルのアイテムボックスの中では、時間が経過しない。貰ってきた魚は鮮度が落ちないままだ。

村の公園では、新鮮な魚を使った料理の試食会の準備が進んでいる。指揮を執っているのはカエデだ。

「者ども。ここに大量の新鮮な魚がある。これを使って何を作るべきかわかるな？」

「「「寿司ー!!」」」

スシ？　それは一体どのような料理なのだろう……？

「ご説明しましょう。寿司とは、生の魚の身を一口サイズにして米の上に載せた料理です」

「魚を生で食べるのか!?」

「ええ。だからこそ、鮮度が重要になってくるのです」

なるほど……？

「さぁ、私も主人殿のために美味しい寿司を作りますよ」

「頭領、頭領は料理の方はからっきしなんで張り切ってもらっても邪魔です。端っこの方でワサビでもすっててください」

「ぐぬぬぬぬ……」

部下のシノビさんに追いやられたカエデが、悔しそうにワサビという緑の根菜をすりおろし始めた。

数十分後。

「できました！　さぁ召し上がれ主殿！」

出されたのは、小さな米の塊の上に切り身が載っている料理だった。隣にはワサビのペーストが添えられている。なんというか、とてもシンプルな料理だ。

「では、最初はまずマリエル殿に試していただきましょう」

「え、私？」

カエデに呼ばれてマリエルがやってくる。

「マリエル殿。まずこちらのワサビを食べてみてください」

カエデが、ワサビのペーストが載った小皿を指で示す。

「？　わかった。普通に食べればいいんだよね？」

マリエルは首を傾げながらスプーンで緑のペーストをすくって口に運んで――

「か、辛い!!　なにこれ!?　鼻がツーンとする！」

鼻を押さえてバタバタする。

「このように、ワサビはとても辛いので本当に少しずつ試していただきたいです。何も考えずに他のペーストと同じ感覚で口に入れると、今のマリエル殿のように悶絶することになります。ですが醤油と一緒に適量を寿司に付けて食べると、とても美味しくなるのです」

「よくも騙したなー！」

涙目のマリエルがカエデを追いかけていく。

……とりあえず、ワサビのつけすぎは良くないということはとてもよくわかった。

僕はワサビと醤油をほんの少しつけて、寿司を口に運ぶ。

パクリ。

「これは、一体――!?」

僕は混乱していた。

「美味、しい……？　なんだろうこれは。未知の味だ」

正直魚特有の生臭さを覚悟していたのだが、全然気にならない。

「そうか、これはワサビと醤油の風味が生臭さをかき消してくれているのか。あまりに未知の味ですが、美味しいというのはわかりました。おかわりをください！」

「ヘイお待ち！」

料理をしてくれているシノビさんが、新しい寿司の皿を渡してくれる。

「あれ、さっきと魚の身の色が違いますね」

「はい。さっきのはマグロという魚で、今回はサバという魚の寿司になります。脂の旨味がありつつ白身魚のさっぱりとした味が特徴です」

「魚の種類が違うということですか？　魚なら、どれも似たような味なのではないのですか？」

「違います」

断言された。

「この大陸の人は皆、魚を一括りにしますが、魚にはたくさんの種類があり、それぞれ味が違うのです」

シノビさんが説明すると後ろのシノビさん達も頷く。

確かに、伯爵家にいた頃のシェフは〝小魚〟〝白身魚〟〝赤身魚〟程度のざっくりした魚の分類しかしていなかった。魚の種類をしっかり区別していたのはせいぜいサーモンくらいだろう。

「では私が紹介しましょう。こちらの小さい魚から、アジ、サバ……」

戻ってきたカエデが、並んでいる調理前の魚を紹介していく。

「……カンパチ、そしてカンパチが成長した魚、ハマチです」

「魚が成長すると名前が変わるのか……!?」

「はい。味が変わるので別の名前で呼んでいます。カンパチにはカンパチの、ハマチにはハマチの美味しさがあるのです」

何と奥深い世界だろう。

「美味しいニャ！　全部違って全部美味しいニャ！」

「お魚にこんな食べ方があったなんて知らなかったニャ！」

「美味しすぎて手が止まらないのニャ！」

キャト族さん達は涙を流しながら寿司を食べている。

そして、さらに新しい刺身が出てくる。

「これはタコの寿司です」

「タコ!?　タコってあの、足が八本あるブヨブヨした変な生き物ですよね？」

実物は見たことがない。この大陸では食用にしていないので見る機会がないのだ。というか、食用にしている地域があると想像したことさえなかった。

そのとき、足元で何か動く気配がした。見ると、僕の足元を何かぬらぬらした生き物が這っている。

まさか、これが、タコか？

「陸上でも動くのか!?」

「あー、こらこら逃げるな」

一人のシノビさんが、慣れた手つきで捕まえて容れ物に戻す。

「すいませんね主殿。よくあることなんですよ、タコが水槽から脱走するのって」

よくあることなのか……。

僕はあらためて手元のタコの寿司を見る。正直結構生きているタコがグロテスクだったので、ためらいはある。

だが、シノビさん達がこれまで作ってくれた料理はどれも美味しかった。極東大陸の料理をもう僕は疑わない。

「えいっ」

少し勇気を出して、タコの寿司を口に運ぶ。

「……美味しい！　弾力のある触感とジューシーな味わいがすごく好きだ」

「主殿に満足いただけて何よりです」

それから僕は、魚とタコの刺身を楽しんだ。いろいろ食べ比べているうちに、僕にも魚ごとの味の違いがわかるようになってきた。

村の皆さんも寿司を楽しんでくれているようだ。

「く、苦しいのニャ……」

キャト族さん達がお腹を押さえて何人も倒れている。

「不覚！」

カエデが頭を抱える。

「タコには、猫にとって有毒な成分が含まれているのです。最悪、命を落とすこともあります」

「なんだって⁉」

「申し訳ありません。私としたことが、見落としていました……！」

カエデが拳を握る。

「ち、違うのニャ……」

倒れていたキャト族さん達がよろよろと起き上がる。

「キャト族の体内の構造は猫とは全然違うのニャ。猫にとっては毒でも、ボク達にとっては何でもないニャ。人間が食べられるものはキャト族でも食べられるのニャ」

「え？　ではなんで――？」

「お刺身が美味しくて食べすぎたのニャ。お腹が苦しいのニャ」

……。

……。

カエデも周りのシノビさん達も呆れた顔をしていた。もちろん僕もだ。

よく見ると、キャト族さん達のお腹は膨れて真ん丸なシルエットになっている。

「でももっと食べたいニャ。カエデさん、そこのハマチのお皿を取ってほしいのニャ」

「ボクはブリがいいニャ」

「限界を超えるのニャ」

膨らんだお腹を抱えながらキャト族さん達がのそのそとテーブルに歩いていく。

「……」

何も言わず、村人の皆さんがキャト族さん達を引きずってお皿から離していく。

ズルズルズルズル。

「待ってほしいのニャ、ボク達まだ食べられるのニャ～！」

「もっとお刺身食べたいのニャ」

「お刺身なら無限にお腹に入るのニャ……うぷっ」

ズルズルズルズル。

必死に訴えるキャト族さん達は、引きずられてどこかへ運ばれていってしまった。

「主殿。私達はこうしてまた刺身を食べられること、とても嬉しく思います。シノビの里は山奥の僻(へき)地(ち)にあるため新鮮な魚はとても手に入らなかったのです」

カエデが言うと、後ろのシノビさん達も深く頷いている。

「じゃあ、また港街に私が魚を買いに行こうか。領地経営で忙しいけど、月に一度くらいなら買いに行けるよ」

「「「うおおおおお」」」

シノビさん達が沸き立つ。

「流石マリエル殿。王女に相応しい器の持ち主です」

「カエデちゃん、こういうときだけ調子いいんだから……！」

こうして、村では定期的に新鮮な魚を使った寿司パーティーが開催されるようになった。


——翌日、村の修練場。

僕は今日から本格的に、王都武闘大会に向けた調整に入る。

毎日ランニングしたり筋力トレーニングをしたり素振りしたりと鍛錬している。が、大会までの期間はその時間をさらに増やして、万全の状態に仕上げるのだ。

「父上、見ていてください。僕はもっと強くなってみせます」

「そういえば、主殿はよく御父上の名を口にされていますが、どのような方なのでしょう？」

と、尋ねてきたのはカエデだ。

「領主様の父上、ってことはこの村の前領主ですね？　領主代理を置いて一度も村を見に来たことがないもんで、どんな方か知らねぇんです。俺達も知りてぇです、教えてくだせぇ」

タイムロットさんが言うと周りから村の皆さんが集まってくる。

いい機会だ。話しておこう。

僕は、村の皆さんに僕と父上のことについて話した。

僕が身に余る強力な才能(ギフト)を手にしたこと。

僕を成長させるために、父上があえて僕に冷たくしてこの村の領主に任命したこと。

そして王都の屋敷を売却して資金を作ってまで、僕を強くするための試練を課してくれていること。

それらを全て、村の皆さんに話した。

「――感動しやした……！」

タイムロットさんをはじめ、村の皆さんは父上の偉大さに心を打たれているようだ。

「そんな、実の息子をあえて追い出すなんて。辛い選択をよくぞなされた。なんて立派な方なんでしょう……！」

村の皆さんも父上の偉大さを理解してくれたようで良かった。

「ところでみなさん、村に父上の銅像を建てようと思うのですが、いかがでしょうか？」

「建てましょう。たくさん建てましょう！」

こうして、村のあちこちに父上の銅像が建つことになった。

タイムロットさんと、よく一緒にいる若い冒険者さんだけは「この顔、どこかで見た気がするぜぇ」「どっかで見た気がするっスよねぇ」と銅像の図面を見ながら話していた。

領主代理を置いていたとはいえ、父上はこの村の前領主だ。

きっとコッソリ様子を見に来たことくらいあったのだろう。

王都武闘大会は、当然父上も見に来るはずだ。しかし、僕は果たして父上の期待に応えられるくらい強くなれただろうか？

そう思うと、居ても立ってもいられなくなった。

「明日から、僕は山籠もりをします」

鍛錬の時間を増やす程度ではだめだ。

王都武闘大会に向けて、僕は徹底的に自分を鍛え上げることを決意した。

「俺達も行きやす！　前領主様は、そのうち村を見に来ることもあるでしょう。俺達もいいところを見せてぇです」

「我らシノビ一族も、主殿のお父様に顔向けできるよう鍛え直したく」

こうして、村の仲間と一緒の山籠もりが始まったのだった。

二章
強化夏合宿

SAIKYOGIFT DE
RYOCHI KEIEI SLOWLIFE

そして翌日。

僕達は、村から離れた山の中に来ていた。辺りには木々が鬱蒼と生い茂っている。

集まってくれたのは、村の冒険者さん達やシノビさん達といった戦闘職の方々。それにマリエルとナスターシャもついてきてくれている。

冒険者以外の村人さんやキャット族の皆さんは村で留守番をしてくれている。

また、冒険者さん達はローテーションを組んで村の番をしに行ってくれているそうだ。

いよいよ今日から武闘大会直前まで、本格的に修行を開始する。厳しい自然の中に身を置き、勘を研ぎ澄ますのだ。

自然の中で野生の獣を狩って、自分で火を起こして喰らう。そんな原始的な生活をこれから始めるのだ。

「では、最初は領主様一人で修行していてくだせぇ。俺達は、修行の準備をしていやす」

準備か。一体何をするつもりなのだろう?

僕は気にかけつつ、しばらく一人でウサギを狩ったり剣の素振りをしたりしていた。

そしてお昼に戻ってくると――

「領主様、修行の間泊まれるようにコテージを作りやした。どうぞ使ってくだせぇ」

小ぶりだが、しっかりとした木造のコテージが建っていた。僕のだけではなく、村の皆さんが泊まれるだけの数のコテージが森の中に間隔を空けて建っている。

過酷な環境の中で修行するつもりだったのだが、これではまるでキャンプみたいだな……。

「あちらにはハンモックも用意してありやす」

キャンプみたいだな。

「火を起こして料理やバーベキューができるスペースも用意しやした」

キャンプみたいだな。

「焚き火台も用意しやした。夜はキャンプファイヤーができやすぜ」

キャンプって言っちゃった。

……まぁ、健康は大事だ。

テントや木のウロで寝て風邪をひいては修行どころではないし、温かいものを食べてしっかり体づくりをするのも大事だ。

思ってたのと違うけれども、これはこれでいい修行になるはずだ。

「では、皆さん一緒に最初の修行を始めましょう」

「「「おおー！」」」

村の仲間達が拳を突き上げる。

「修行は、このロードベルグ伯爵家に伝わる指南書に書かれている方法で進めていこうと思います。最初の修行は、〝スイカ割り〟です」

「メルキス、それって修行というよりキャンプじゃない？」

と、マリエル。

まさかそっちから突っ込まれるとは思わなかった。

「これは、間合いを正確に測って剣を振る修行です。周りから指示を貰わず、目隠しをつけたまま走ってスイカとの間合いを詰めて剣で斬ってもらいます。最初は一〇メートル程度から始めますが、スイカをだんだん遠くしていって、最終的には一〇〇メートル以上離れたスイカを斬ってもらいます」

「そ、それは難しそう……」

剣による攻撃は、相手に剣のどこかを当てればいいというものではない。自分が振る剣の、もっとも威力が乗る一点をいかに相手に当てられるかがとても大事なのである。

間合いとは剣士にとって命。間合いを目で見て正確に測る技術はとても重要なのだ。

スイカ割りとは、遊びのように見えて理に適った修行なのだ。

こうして早速修行が始まった。

僕は用意していたスイカの種を蒔き、植物魔法〝グローアップ〟で成長させて実を収穫する。

まずは試しに一人の若い冒険者さんに修行に臨んでもらうことにした。

開けた場所にスイカを置いて。若い冒険者さんには、そこから一〇メートルほど離れた場所に立ってもらう。目には、目隠しを巻いている。

「行くっスよ！」

若い冒険者さんは走って間合いを詰めて――

「ココっス！」

剣を振り下ろす！

しかし。

〝ガッ〟

冒険者さんが振り下ろした剣は空振り。地面にめり込む。

「あっれー、完全に当たったと思ったんスけどねぇ」

若い冒険者さんは目隠しを外す。

剣を振り下ろした場所からスイカまで、一メートル以上のズレがあった。

「こんなにズレがあったんすか⁉」

周りで見ていた冒険者さん達も驚いている。

「では、次は僕がやってみせましょう」

僕はスタート地点に立ち、目隠しをする。

目隠しをする前の目測だと、スイカまでの距離は一〇メートルと五七センチ。

剣の間合いを考えると、一一歩と小さめに半歩詰めてから技を出せばよい。

「行きます！」

僕は間合いを詰めて。

「ここだ！」

ロードベルグ流剣術3式〝彗星斬〟を繰り出す。

〝バコン！〟

小気味良い音とともに手応えを感じる。

「「「おおぉ!!」」」

周りから歓声が上がった。

目隠しを外すと、スイカが真っ二つに割れていた。

「流石っス領主様！　この難しい修行を一発でクリアするなんて」

「いえ、これではダメです」

僕は割れたスイカを拾い上げて皮の一点を指差す。

「割れ方からして、剣が当たったのはここでしょう。スイカの中心から五センチもズレている。これでは、中心を捉えたとは言えません。最低でも、中心から五ミリ以内に当てないとダメです」

「そんなに狙わないといけないっスか……？」

冒険者さん達が顔を青くする。

やり方を説明したところで、村の皆さんがあちこちでスイカ割りを始めた。

「うおおおお！　だめだ、ずっと手前で剣を振り下ろしちまった！」

「しまった！　踏み込みすぎてスイカで転んでしまった！」

皆さん、予想以上の難しさのスイカ割りに苦戦しているようだ。

スイカ割りに挑み、休憩時間には割れたスイカを食べる。

「領主様の育てたスイカうめぇ～！」

僕ももちろん見ているだけではない。感覚を研ぎ澄ましてスイカに挑む。

最初は中心から四センチ。三センチ。一センチ。六ミリ。

徐々にスイカの中心を捉えられるようになってきた。

「領主様が割ったスイカは綺麗に割れてて食べやすいっス！」

もちろん割ったスイカは、皆さんで美味しくいただく。

「では、次は私がやりますねぇ～」

今度は、ナスターシャがスイカ割りに挑むらしい。

ナスターシャが剣を使っているところを見たことがなかったので、正直予想外だった。

「行きますよぉ～！」

目隠しをして、訓練用の剣を握ってスイカへ歩いていく。

そのとき、荷物を運ぶカエデがすぐ横に通りかかった。

「ナスターシャちゃん、右に薙ぎ払い！」

悪戯っぽい笑みを浮かべたマリエルがナスターシャに指示する。

「え？　え？」

わけがわかっていないナスターシャがとりあえず言われるままに動く！

「おっと！」

カエデが驚きながらも回避する。

「そのまま正面に突き！　右に振り下ろし！　左に薙ぎ払い！」

「え？　えっと、こうでしょうか？」

わけがわかっていないナスターシャの剣を、カエデが何度もかわす。

「振り下ろし！　そしてそのまま追撃の炎のブレス！」

「は、はい！」

目隠ししたままのナスターシャのブレスを、カエデが木に飛び移ってなんとか回避する。

「えっと。今のは一体なんだったのでしょう……？」

ナスターシャが恐る恐る目隠しを外す。

「マリエル殿、よくもやってくれましたね？」

「先日のワサビの件、忘れたとは言わせないよ」

マリエルとカエデの間で火花が散っている。そしてその間でナスターシャが、

「ええとぉ、事情がよくわかっていないのですが、とりあえず私を巻き込むのはやめてほしいのですけれど……」

と訴えていた。

「二人とも、喧嘩するのはいいけど怪我しない程度にな？」

「わかった！」

「了解です！」

二人はそれぞれ目隠しをつけて。

「「勝負！」」

練習用の剣で決闘を始めた。練習用の剣は木製だし布が巻き付けてあるので、怪我をすることはないだろう。

「てやあ！」

「なんの！」

マリエルが勢いよく踏み込み、カエデがカウンターの構えを取る。

しかし。

〝スカッ〟

〝スカッ〟

お互いの剣は、盛大に空振りする。

「まだまだー！」

「負けませんよ」

マリエルは何もない空間に剣を振って、カエデはマリエルに背を向けた状態でガードの構えを取る。

……無茶苦茶だ。

「行くよ、王族の力みせてあげる!!」

「そんなもの、シノビには通じません」

マリエルが渾身の気合いで剣を振り下ろしたのは石だし、カエデが斬りつけているのは木である。

……そのまま、お互い一発も攻撃が当たらないまま五分が経過した。

「やるね、今日は引き分けにしておこう」

「次は負けませんからね」

汗を拭って二人は目隠しを外す。

なんかいい勝負だった、という雰囲気を出しているが。お互い、木や石を相手にしていただけなのである。

王族であるマリエルには、立場的になかなか同世代の子供が近づきにくかった。

まして、ちょっかいをだせる子供など当然いるわけもなかった。なので、ああいう気安い関係の友達ができて良かったと思う。

友達、と言っていいのかはよくわからないが……。

そして夕方。

「皆さん、お疲れ様です！　今日はここまでにして、夕食にしましょう！　皆さんの修行の応援に、鶏肉を持ってきました」

お肉大好きシスターのリリーさんがやってくる。背中には、大量の鶏肉や野菜を背負っている。

スイカ割りに勤しんでいた冒険者さん達も戻ってきて、バーベキューの準備を始めていく。

「遠いところ、わざわざお肉を届けてくれてありがとうございます」

「いえいえ。皆さんが強くなるために修行をしているのであれば、これくらいの手伝いをするのは当然のことですよ」

と言ってリリーさんは村に帰って――

行かないな。

それどころか、バーベキューの準備を手伝い始めた。

どさくさに紛れてバーベキューに参加するのが目的で荷物運びを買って出たのではなかろうか、と思ってしまうが口には出さないでおく。

あっという間にバーベキューの準備が整った。

「やっぱり外で食べる鶏肉は美味しい！」

大自然の中で食べると、不思議と食事は美味しく感じられる。

そして、肉が美味しいのはそれだけが理由ではない。

この村では、突然変異種のコカトリスをニワトリとして扱って飼育している。

大きさは普通のニワトリよりも大きい。当然一頭からとれる肉の量も遥かに多く、何より味が格別なのだ。

口の中から、体に幸せが染み入ってくる。

「よく食べたなぁ」

食後、水浴びを済ませて用意してもらったコテージに入る。内装もしっかりしていて、半日で建てたとは思えないほど快適だ。

「みんな村で家をたくさん建て直したから、建築作業に慣れたんだろうね」

と、何故か先にコテージで待っていたマリエル。

「ええ。とても快適かと思います」

突然コテージの天井が開いて、カエデが顔を覗かせる。

「うわあああ！　カエデちゃん、い、いつからいたの!?」

「最初からです。シノビの頭領として当然、修行期間中もここで主人殿の寝ている間の護衛を務めますよ」

「そうか、このコテージに泊まっている間も護衛してくれるのか」

「はい。実はこのコテージ、私が天井裏から護衛することを前提にして作ってあるので、天井裏も快適なつくりになっているのですよ。平らで広いスペースを用意してもらっているので、布団の上に寝転がったまま主殿の様子を見守れるようになっていたり、ちょっとしたものを置ける棚があったり、出入り口を作ってもらったり」

そんな構造になっていたのか。

考えたことがなかったが、屋敷の方も、護衛してもらいやすいように屋根裏をリフォームすべきかもしれないいな。

「個人的には紅茶のカップを置いておける台があるのがとても良いですね」

「ぐぬぬ……コテージにいる間はカエデちゃんの監視もなく好き放題できると思ったのに……」

「ああ、それはお気になさらず。私は主殿に危害を加えるような行動以外は止めませんので。どうぞお好きなようになさってください」

「私が気にするの！」

コテージの中でギャーギャーと言い争いが始まった。

一体マリエルは僕が寝ている間何をするつもりなんだ……？

『油断したね！　寝てる間に暗殺されそうになっても殺気に気付いて起きて防御するくらいのことができなきゃ王族の婚約者失格だよ！』

とか言ってナイフで刺そうとしたりするのか……？

怖いなぁ。

僕は少し不安な気持ちを抱えながら眠りについたのであった。

——昼はスイカ割りの修行。夕方はＢＢＱ。夜はまたスイカ割りの修行。

このサイクルを繰り返し、一週間が経過した。

村の皆さんは、かなり腕を上げた。

「行くっスよ！」

目隠しをつけた若い冒険者さんが、二〇メートル先に置いてあるスイカに向かって全速力で走っていく。そして、大上段の振り下ろしで真っ二つに割る。さらにそのまま、隣に立ててある丸太の上に置いてあったスイカを横薙ぎの一撃で上下真っ二つに割った。

斬撃は全て、スイカの芯を正確に捉えていた。

「やったっス！」

「おめでとうございます。格段に腕を上げましたね」

僕もいよいよ、このスイカ割りの修行の最終段階に挑む。

道には、スイカが一〇個並べてある。

地面に置いてあるものだけではない。木から吊り下げられているもの。丸太の上に載っているものなど様々だ。僕は目隠しをつける。

「行きます！」

全速力で駆けながら、僕は剣術を繰り出す。それぞれの技の最も威力が乗るポイントをスイカの中心にぶつける。

前。右。左上。そしてもう一度右。

僕は様々な方向に置いてあったスイカを割っていく。そして最後。

違う高さに置いてあったスイカを斜めの一撃でまとめて割る。

「すっげぇ……」

村の仲間の誰かがそう口にしていた。

目隠しを外すと、スイカは全て綺麗に真っ二つに割れていた。

これで、このスイカ割り修行はクリアだ。

何人かの冒険者さんが、練習用の剣を使って模擬戦をしている。修行開始前とは動きがまるで違う。最も剣の勢いが乗るポイントを正確に相手に当てるように攻撃を繰り出し、防御する側もまたそのポイントを見切ってずらして受けている。

とてもレベルの高い攻防が繰り広げられている。

「皆さん、見違えるほど強くなりましたね。それでは、次の修行に移行しましょう！」

「「「おう！」」」

そして次なる修行は――
「滝行です」
滝行。
滝に打たれて、激流の中で心を静め精神統一する修行だ。
滝に打たれるうちに煩悩や雑念が消え去り、晴れやかな気持ちになることができる。
「滝行ですか。懐かしいですね。極東大陸でも有名な修行でした」
カエデが懐かしそうに呟く。
僕達はさっそく水着に着替え、全員で滝に打たれる。
〝ザバババババババババ……〟
勢いよく水が打ちつけてくる。今は夏場だが、それでも滝の水は冷たい。
水の音以外、何も聞こえない。しかし、だからこそ集中できる。
滝の音にかき消されるように雑念が消えていくのを感じる。
そのとき――
〝パッカーン！〟
突然大きな音が聞こえた。
「いってぇ！」
見ると、タイムロットさんが頭を押さえていた。
何かが流れてきたのだろうか。そう思って見上げると――

上流から、大量の金タライが降ってくるところだった。

「……なんで⁉」

「これが極東大陸流滝行。激流に打たれて精神を集中させつつ反射神経を鍛える修行です」

見上げると、滝の上から、カエデが部下のシノビさん達に命じてタライを流している。

僕が知ってる滝行と違う……！

油断するとコブだらけになりそうだ。

「うおおお逃げるっス！」

冒険者さん達が必死に左右に跳んで金タライを回避していく。

「だ、ダメっス！　お腹が減って動けないっス」

「そういうときは、たまに流れてくるスイカをキャッチして食べて体力を回復してください」

「何っスかそのシステム⁉」

回避するだけではなく、何が流れてくるのかを見定めて必要に応じてキャッチする必要があるのか。

「だんだんとタライの数が増えていきます。果たして誰が最後まで残っていられるでしょうか」

どんどんタライが増えていく。

「うおおお！　逃げろおおお！」

みんなが滝下で必死にタライを回避していく。

シノビの皆さんが素早くタライを回収してバケツリレーの要領で運んで、また上流からタライを降らせる。

これは良い修行だな。タライと滝のことしか考える余裕がなくなってくる。もともと考えていた形とは違うが、煩悩が洗い流されていく。

「メルキス、ちょっと助けて！」

一緒に滝に打たれていたマリエルが突然声をかけてくる。

「どうしたんだ？　今すごく忙し」

「水着流されちゃった……」

水飛沫でよく見えないが、マリエルが手で胸元を隠している。

どうしよう。

「とりあえず、隠すの手伝って！」

マリエルが僕の背中にしがみつく。

背中から、肌同士がくっつく感触と温かさが伝わってくる。

「うおおお！　消えろ煩悩！」

マリエルを背負ったまま僕は滝に打たれる。一心不乱にタライを回避し続ける。

横一列にタライが降ってきたときはどうしようかと思ったが、一部がタライではなくスイカだとギリギリで気付いてなんとか切り抜けることができた。

――夕方。

「っ、疲れた……」

滝行に励んでいた人は僕を含めて全員ぐったりしていた。

だが、雑念が消えてどこか晴れやかな気持ちである。

「あれ、ナスターシャはどこだ？」

僕はふと気付く。確か一緒に滝行していたはずだが、見当たらない。

「ああ、ナスターシャ殿ならあそこで寝ています」

カエデが指をさす。そこでは、

「ぐー、ぐー」

座禅の体勢で滝に打たれたままナスターシャが眠っていた。

滝の冷たさも水の衝撃も、レインボードラゴンであるナスターシャは何も感じないらしい。

「それどころではありません」

カエデが滝の上のシノビさんに合図して、タライを落とさせる。

しかし、

〝バリン！〟

ナスターシャの頭に当たり、タライの方が砕けてしまうのだった。

「少し悔しいので、起こしてやろうと思ってもっと固いものを落としてみたのですが駄目でしたねぇ」

石。岩。いろんなものを滝の上から流すのだが、全て弾かれてしまっている。目を覚ましもしない。

あらためて、レインボードラゴンはすごいなと思うのだった。

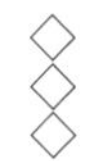

そして、一週間後——

〝ザババババババババ……〟

僕達は滝に打たれている。

水の冷たさや衝撃に騒ぐことはない。雑念が抜け落ちて、ただ滝行に集中している。まるで岩のようだ。

タライが落ちてくるが、皆さんは動じることなく左右に動いて避けていく。その動きは、まるで流れる水のように滑らかだ。

僕も、タライが大量に降ってきても動じることなく対処できるようになった。

滝行の修行はこれくらいでいいだろう。

いよいよ、山籠もり修行の最終段階に入る——前に。

一日休息日を設けることにした。

皆さんもハードな滝行で体に疲れがたまっているだろう。効率的なトレーニングのためには適度な休息も必要なのだ。

だが、休めるのは体だけだ。

僕はコテージに備え付けられているハンモックに揺られながら、本を読んでいた。

魔法理論に関する本だ。伯爵家にいた頃、魔法の基礎理論を習ったことはあったが、それきりだ。

せっかくなので、この機会に基礎から勉強しなおそうと思っている。

森の中の、ちょうどいい木陰。適度なそよ風。

今日はとても読書をするのにいい日だ。

「あー、メルキスが私のハンモック使ってるー！」

と、そこへマリエルが本を抱えてやってきた。

「ハンモックなら他にもあるだろう」

僕は木の間に張られているハンモックを指さす。

「やだ。そこがいいの」

マリエルは、王女らしくたまにわがままを言う。

「いいよ、メルキスがどかないっていうなら勝手に侵略するから」

そう言って、マリエルが僕のいるハンモックによじ登ってきた。

「よいしょっと」

僕が寝転がっている上に、マリエルがうつ伏せの姿勢でのしかかる。僕の腹の上で、マリエルの豊かな胸が押し潰されている。

「……ねぇ、嫌？」

「いや、嫌ではない」

僕が言うと、安心したようにマリエルは微笑んで、自分で持ってきた本を僕の胸板の上で読み始める。

　このように。時々マリエルはよくわからない行動をとる。

　マリエルの方を見ていると、不意に目が合った。なんだか気恥ずかしいので、僕は本に視線を戻して集中する。

　いつも隣で寝ているというのに、マリエルから体温が伝わってくるのがなんだかとても落ち着かない。僕は心臓の鼓動を抑えるべく、本の内容に集中しようとするのだった。

　その日は、穏やかで充実した一日だった。

　そして翌日。

　いよいよ、最後の修行を開始する。

「最後の修行は、鬼ごっこです。鬼役として、キャト族の皆さんに協力していただきます！」

「『頑張ってみんな捕まえるニャ！』」

　特別に村から来てもらったキャト族の皆さんは、とても気合が入っている。

　キャト族は、小柄で力は弱いが五感が鋭く足も速い。追っ手としてはこれ以上ない脅威だ。

　今回は森の緑に溶け込む制服を着用してもらっている。

「ルールはシンプル。日没まで鬼から逃げ切れれば勝利。追手は最初は少ないですが、時間が経つにつれどんどん増えていきます。最終的には、村のキャト族全員が鬼として参加します」

「脚に自信があるシノビとて、大量のキャト族から逃げ切るのは至難。これは部下達にとって良い修行になるでしょう」

　シノビの頭領として、カエデも満足そうに頷いている。

「今回は、より熱心に修行に取り組んでもらうため、景品と罰ゲームを用意してあります」

「「「うおおおお！」」」

参加者の皆さんが盛り上がる。

「日没まで逃げ切った人には、僕のポケットマネーから村の定食屋さんで使えるお食事券一年分を進呈します！　そして捕まってしまった人には罰ゲームとしてこちらの、マリエルが絞ったオレンジジュースを飲んでもらいます」

机の上には、ずらっとコップが並んでいる。

「ああ、先程マリエル殿が絞っていたジュースですね。マリエル殿は料理下手と聞きますが、罰ゲームになるほどではないでしょう」

カエデが近くのコップを手にして口に運ぶ。

そして。

「うえ！　これは――ハンバーグを作るときに出る肉汁⁉」

吐き出しそうになったカエデが口元を手で押さえる。

マリエルが料理をすると、いつの間にか食材が全く別のものにすり替わっているのだ。

料理下手――とかもうそういう次元ではない。なんでこうなるのか不明なのだが、とにかく不思議な現象が起きるのである。

「うええええ、胸やけします」

カエデが渋い顔をしてコップをテーブルに置く。

「あら、要らないのであれば私がいただいてしまいますね」

いつの間にか現れたシスターのリリーさんが、晴れやかな笑顔でコップを口元に運び、一気飲みした。

「ああ、美味しい♪」

すごく、いい飲みっぷりだった。

お肉大好きシスターのリリーさんには、胸やけなど関係ないらしい。

「では、皆さん準備はいいですかニャ？　それでは、最後の修行、鬼ごっこ——開始ですニャ！」

キャト族さんの宣言で、村の皆さんが一斉に逃げ出す。

「うおおお何としても逃げ切ってやるぜぇぇぇぇぇぇ！」

「絶対にあの罰ゲームは受けたくないっス！」

最初に狙われたのはタイムロットさんと、よく一緒にいる若い冒険者さんだ。

腕を大きく振り、必死で走っている。これまで見た中で、最高のスピードだ。

そう、人間は追い詰められたときに一〇〇％以上の力を発揮することができる。それを引き出すのが、この修行の目的の一つである。

「「うおおおおおお!!」」

二人が森の中を爆走する。一〇分ほどして、ようやく立ち止まる。

「はぁ、はぁ！　なんとか撒いたぜぇ！」

「ちょっと一息つきたいっスね。よいしょっと」

と、二人が腰を下ろした瞬間。

「あの程度で振り切れたと思ったニャ？」

近くの茂みからキャト族さんが顔を出した。

「「うわあああああ!?」」

こうして、二人はあっさりと捕まった。

「ぐあああ！　俺の罰ゲームジュースはコーヒーのガムシロップだぜ！　これを飲み干すのはきついぜぇ！」

「こっちはレモン汁っス！　酸っぱいっス！」

森のあちこちで、冒険者さん達が捕まっていく。

一方シノビの皆さんは、まだ一人も捕まっていない。何度か鬼に見つかっても、素早い身のこなしと潜伏技術で逃れている。

「この程度であれば、我らシノビにとって大した苦ではありません」

「これはシノビ一族全員生存かもしれませんねぇ。全員にお食事券一年分配布ということですが、領主様のお財布は大丈夫ですか？」

などと軽口を叩くシノビの皆さんは随分余裕そうだ。

「さぁ皆さん、ここで鬼追加タイムですニャ！」

「「えっ」」

緑の制服を着たキャト族さん達が追加で現れる。

「「「頑張って捕まえるニャ！」」」

鬼がワッとシノビさんのもとに押し寄せてくる。逃げた先に、また別の鬼が待ち構えている。

「ええい、こっちまでは追ってこれまい！　忍法〝水蜘蛛の術〟！」

一部のシノビさん達は、湖に逃げ込む。どういう原理かは不明なのだが、忍法を使って水の上を歩いている。

しかし。

「水上部隊出動ニャ！」

「水の上に逃げても逃がさないニャ！」

どこに用意していたのか、小型のボートを漕いで鬼が追いかけていく。

水の上でのシノビさん達の移動速度は地上に比べて大きく落ちる。あっという間に鬼のボートに追いつかれて捕まり、罰ゲームを受けていく。

「「「ぐあああぁマズイいいい！」」」

——数時間後。

ほとんどの参加者が捕まって罰ゲームを受けていた。

残っているのは僕とカエデ、あとは——

「も、もう無理ですぅ〜」

上から、風を巻き起こしながらドラゴン形態のナスターシャが降りてきた。背にはマリエルも乗っている。

「マリエルさんの案でずっと空を飛んで逃げていたのですけど、もう無理ですぅ」

疲れ果てたナスターシャがぐったり地面にへたり込む。

「ナスターシャちゃん、あと一時間！　あと一時間逃げ切れば勝ちだよ！」

「わかりました、頑張りますぅ。でも、少し休ませてください。あと五分、あと五分だけ休めばまた飛べると思いますぅ」

しかし。

「見つけたのニャ」

「五分も余裕を与えないのニャ」

鬼に見つかり、包囲されてしまった。

「みんな逃げろ！」

僕とカエデとマリエルが包囲の隙をついて突破する。

疲れていたナスターシャは、

「みなさん、おいていかないでください～」

と言いながら捕まってしまった。

追手を振り切って、僕は草の茂みに隠れる。

キャト族さん達は嗅覚もすごい。この辺りに隠れているだけでは、すぐに見つかってしまうだろう。

近くの茂みには、カエデとマリエルが隠れている。二人の話し声がここまで聞こえてきた。

「カエデちゃん、ここは手を組もう」

「マリエル殿と手を組むのは少し癪ですが仕方ありませんね。で、何か作戦はあるのですか？」

「少し離れて行動して、鬼の位置を手信号で送り合うんだ。二人で鬼の動きを共有すれば、大分隠れやすくなるよ」

「わかりました、ではそれで行きましょう」

二人が行動を開始する。

お互いにこっそりと茂みの中を移動して、手信号で鬼の位置を送り合いながら、鬼の裏をかいて移動する。

しかし。

「いたのニャ！」

運悪くカエデが見つかってしまった。鬼達が一斉にカエデを追いかけ始める。

「鬼の皆さん、よく聞いてください！　あそこの茂みにマリエル殿が隠れています！　私より先に足の遅いマリエル殿を追いかける方が確実ですよ！」

「本当ですかニャ？」

「情報感謝しますニャ！」

「早速捕まえに行くのニャ！」

キャト族の皆さんが、一斉にマリエルの隠れている茂みに向かっていく。

「カエデちゃん、よくも裏切ったなあああぁ！」

あっさり捕まったマリエルの恨みの声が森に響く。

「ふふふ。最初から私はマリエル殿を囮にするつもりでした。騙される方が悪いのです！」

マリエルが捕まっているあいだ時間を稼げたカエデが颯爽と逃げていく。

カエデは、素早さが売りのシノビの中でも特に足が速い。その速さには、キャット族でさえも追いつくことができないほどだ。

あっという間にキャット族を振り切って、森の中に隠れる。隠れることに専念しているカエデは、完全に気配を断つことができる。

シノビの頭領というのは伊達ではないのだ。

五感が鋭いキャット族の皆さんであっても、見つけ出すのに苦労するはずだ。

しかし――

「いたのニャ！　みんな、追いかけるのニャ！」

「今度はこっちの樹の上に隠れているのニャ！」

カエデは見つかっては逃げて鬼を振り切ってまた隠れる、を繰り返す。

何故か、鬼は苦もなくカエデを見つけ出す。初めからそこにいるのがわかっているかのようだ。

「何故私の場所がわかるのです⁉　ええい、こうなったら！　忍法〝水蜘蛛の術〟！」

カエデが忍法を使って、湖の上を走る。他のシノビさんとは違って、水上を走るときも陸を走るときからほぼ速度が落ちていない。流石だ。

「「「皆で囲むのニャー！」」」

ボートに乗った鬼達がカエデを追いかけていく。カエデは鬼のボートに包囲された。

「こうなったら――忍法〝煙幕の術〟」

カエデが小さな球を放り投げて、煙を発生させる。

「ゲホッゲホ！　煙たいニャ！」

「前が見えないニャ！」

煙が晴れると――

「あれ、カエデさんがいないニャ！」

「見失ったニャ！」

しかし。

「みんな、これを見るニャ！　水面に竹が突き出てるニャ！　これは呼吸用の竹に違いないニャ！」

「きっとこの下にカエデさんがいるニャ！」

「網を持ってくるニャ！」

キャト族さん達が網を投げ込み、カエデを引きずり上げる。

「カエデさん、捕まえたニャ！」

「大物ニャ！」

ボートが陸に着き、カエデが網から解放される。

「ぐぬうう……！　まさか我が水遁（すいとん）の術まで破られるとは。しかし、何故鬼は隠れている私を位置がわかっているかのように見つけ出せたのでしょう。……まさか!?」

カエデが何かに気付いて、自分の体を手探りし始める。そして腰の帯から何か葉っぱのようなものを見つけ出した。

「これは、キャト族の好物の〝マタタビ〟！　ということは……！」

「そう。相手を囮にするつもりだったのはカエデちゃんだけじゃなかったってこと」

いたずらっぽい笑みを浮かべて、マリエルがカエデの後ろに立っていた。

どうやら、さっき『手を組もう』と言ったときに仕込んでいたらしい。鬼のキャト族は、好物のマタタビの匂いでカエデの居場所がずっとわかっていたのだろう。

「「はっはっはっはっは！」」

二人は笑い合う。そして、

「よくもやったね！」

「よくもやってくれましたね！」

二人はまた火花を散らし合う。

そして同時に罰ゲームのドリンクを飲んで、

「「マズイ～!!」」

と叫ぶのだった。

「さぁ、残るは領主様だけニャ！」

「全力で捕まえるニャ！」

いよいよ、鬼全員が僕を追いかけ始める。

キャト族さん達の大群がお揃いの制服で一斉にこっちへ向かってくる。

正直、とても可愛らしい光景である。しかし、僕にとってはとても恐ろしい光景でもあった。

足の速さは、身体能力強化魔法〝フォースブースト〟を使っている僕の方がやや上。

しかし僕はシノビさん達のようにうまく隠れることはできない。生半可な隠れ方ではすぐに見つかってしまう。

となれば、僕が勝つためには。

「うおおおお!」

日没まであと一時間を切っている。その間全力で走り続けて、振り切るしかない!

「こっちニャ!」

「追いかけるニャ!」

「見失ってはいけないのニャ!」

全力疾走でなんとか鬼を振り切る。しかし。

「挟み撃ちニャ!」

なんと、前からもキャト族さん達がやってきた。地上で完全に包囲されてしまった。

「まだだ、まだ諦めないぞ僕は!」

僕は木に飛び移る。木から木へ、シノビさん達がやっていたのを見よう見まねでやってみる!

こんなこと、極限の状態でなければ試しもしなかっただろう。追い詰められたときこそ、人は自分の力を一〇〇%以上発揮できるのだ。

「逃げられたニャ! 追いかけるニャ!」

「日没まであと少しニャ！　絶対捕まえるニャ！」

どんどん僕は包囲されていく。

「だったら――」

僕は、さっきカエデが捕まった湖の方へ向かう。そして上着を脱ぎ捨て、湖に飛び込んだ。

今度はボートで鬼が追ってくる。

「囲んだニャ！」

「もう領主様の逃げ場はないニャ！」

まだだ！

思いっきり息を吸い込み、水中に潜る。そして、網に捕まらないように水中を泳いですぐその場を離れる。

日没まであとおよそ五分。

顔を水面に出した瞬間、間違いなく捕まる。五分間このまま水中で耐え抜いてみせる！

そして、

「ぷはぁ！」

耐え切れなくなって水面に顔を出したとき、陽は完全に沈み切っていた。

「おめでとうございますニャ。領主様の勝ちですニャ」

「悔しいですニャ」

「次は最初から領主様を集中的に狙って必ず捕まえてみせますニャ」

「それは困ります！」

この修行もなかなかハードである。

今回も終わった後は皆さん疲れ切っていた。

そして、この修行を一週間繰り返した。

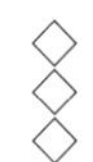

――一週間後。

「うおおおお今日こそ逃げ切るぜぇ！」

「最終日くらい罰ゲーム逃れてみたいっス！」

タイムロットさんと若い冒険者さんが、まるで風のように森の中を駆け抜けていく。一週間前とは見違えるほど動きが良くなっている。

「ぐああああ捕まったぜ！」

「今日こそ行けると思ったんスけどねぇ！」

捕まってしまったものの、一時間以上鬼の追跡から逃げていたのでかなりの進歩である。

そして、僕以外に日没まで鬼から逃げ切った人も登場した。

速さにさらに磨きをかけたカエデ。

こまめに短く地上で休憩を取る戦略に切り替えたナスターシャ。

そして、速さと潜伏技術に優れた一人の女性シノビさん。

それぞれの持ち味をより磨き上げたことで彼女らは無事に鬼から逃げ切ることができた。

（もっとも、逃げ切った人は鬼の心に火をつけてしまい、次の日の鬼ごっこで最初に集中的に狙われて真っ先に捕まってしまうのだが）

彼女らには、僕から景品としてお食事券一年分を進呈した。

こうして、長かった山籠もり修行の日々が終了した。山籠もり開始前と比べて、見違えるほど強くなったという実感がある。

「早く、この力を試してみたい……」

そしていよいよ、王都武闘大会が始まる。

三章
王都武闘大会開幕

SAIKYOGIFT DE
RYOCHI KEIEI SLOWLIFE

「うわー、たっかーい!!」

僕達は今、ドラゴン形態になったナスターシャの背に乗って王都へ向かっている。

鳥が飛ぶよりも遥かに高い空を、馬車より速く駆けていく。普通の旅では味わえない光景に、マリエルはとてもテンションが上がっている。

一方のカエデは、いつも通り冷静に地上を見下ろしていた。

王都武闘大会へ向かうメンバーは、王族として大会に顔を出しに行くマリエルと、僕の護衛を務めてくれるカエデ。そして、護衛兼移送担当のナスターシャだ。

「あの～、私人間を背中に乗せて飛ぶのは久しぶりなのですけれど、乗り心地は大丈夫でしょうか～？　もっとゆっくり飛んだ方が良いのでしょうか？」

「ナスターシャちゃんの背中の乗り心地最高だよ！　もっと速く飛んで！　全速力で！」

「マリエル殿の言う通りです。こんな速度では、主殿が地上から狙撃される可能性があります。もっと高く、速く飛ぶべきです」

「ひぃいいぃ～。無理ですよぉ、これ以上速く飛んだら皆さんを落としてしまいそうで怖いですぅ」

ナスターシャは、涙声になっていた。

「ナスターシャ、安全運転で頼む。このままでも十分余裕を持って王都に着ける。無理はしなくていい」

「わかりました、ありがとうございますメルキス様ぁ～」

そうして僕達は、人目につかないよう王都から少し離れたところで地上に降り、そこから王都まで歩いた。

「久しぶりだなあ、王都に来るのは」

「ここが王都ですか。初めて来ました。人の往来は多いですが、村の方が栄えていますね。あちらの方が街並みも綺麗です」

「カエデちゃん、これでも王都はこの国で一番栄えてる街なんだよ。ただ、村がメルキスのおかげで発展しすぎてるだけで」

「に、人間さんがこんなにたくさん……！」

ナスターシャは、道の端っこで小さくなって震えている。どうやら人ごみが怖いらしい。

「怖いのか？　無理しなくても、テントを貸すから街の外れの森かどこかに泊まってもいいぞ？　そういえば、ナスターシャはうちの村以外の人の街に来るのは初めてか？」

「いいえ。ずっと昔ですけれども。昔、人間の街で仕事をしていたことがあるんですぅ」

なんと。それは初耳だ。

「山間の石切り場で、石運びの仕事をしてお金を貰っていたのですけれども。私があまりに軽々と岩を運ぶのが噂になって、力持ちの奴隷として高値で売り飛ばしてやる、とたくさんの怖い人に追いかけられてしまって……」

それは随分、大変な目に遭ってきたんだな。

「それ以来、人間さんのいる街には近寄らないようにしていますし、人間さんの友達もいません……ずっと昔には一人、人間の友達もいたのですけれども。しばらく出かけると言ってそれきり戻ってきませんでした。人間さんの寿命は短いですし、もう生きてはいないと思いますぅ」

ドラゴンは長命種だ。寿命のスケールは人間とまるで違う。長生きのドラゴンは軽く一〇〇〇年以上生きているという。

「メルキス様の村の人はとてもやさしくて、安心できます。まだ人間さんは怖いですけど、村の皆さんが近くにいてくれたら、安心できます。怖がりを治そうって思えます」

そう言って、ナスターシャは一歩踏み出した。ナスターシャも臆病な性格を治そうとしているらしい。

自分で変わろうとしているのであれば、僕はその気持ちを応援したい。

そのとき。

〝わんわんわん！〟

飼い主と散歩中の小型犬がナスターシャに吠える。きっと遊んでほしいのだろう。

「キャアアアァ！」

ナスターシャが涙目になって飛びついてくる。例によって柔らかい感触が押し付けられる。もちろん、上位種ドラゴンの腕力で締め付けられているので苦しい。力を抜いたら骨を砕かれそうだ。

頭を下げながら飼い主さんが犬を連れて離れていくと、僕はようやく怪力から解放される。ナスターシャが怖がりを克服するのは、まだ当分先になりそうだ。

その後僕達は、今日宿泊する宿を確保。荷物を宿に預けておく。

「……ヒマになっちゃったね」

「そうだな」

食事を終えた昼過ぎのこと。

ナスターシャに乗っての移動が速かったため、大分時間が余ってしまった。

「折角来たんだ。それぞれ、みんなの見たいところを周ろう」

ナスターシャには他の人間の街に慣れてもらいたい。それにカエデも山奥のシノビの里にずっと住んでいたと言っていた。大きな街を見て回るのはいい刺激になるだろう。

「ありがとうございますぅ～」

「私は特に欲しいものはありませんね。しいて言うならば、任務に役立つ携帯可能な小型武器が何かないか見たい程度ですね」

「カエデは真面目だな」

「恐れ入ります」

カエデは仕事熱心だ。それは良いことであるのだが、休みのときくらい羽を伸ばしてもらいたいところだ。さて、どうしたものか……。と、思っていたのだが。

「主殿、あれは何の店でしょうか？」

カエデが何か気になる店を見つけたようで指をさす。

「あれは、オーダーメイド枕の店だな」

「オーダーメイド枕？」

「ああ。自分の頭に合った枕を作ってくれるんだ。もちろん割高だけど、すごくよく眠れるらしい」

「ほう。よく眠れる、ですか……」

どうやらカエデはオーダーメイド枕に興味を持ったようだ。

「寄ってみるか？」

「い、いえ。どうかお気遣いなく。全然気になっておりませんので」

そう言っているが、明らかに気になっている様子だ。部下を気遣うのも、領主の役割だろう。

「実は僕も気になってたんだ。折角だし寄ってみるか」

僕は店に足を踏み入れる。

「よ、よろしいのですか？」

「よろしいもなにも、僕が行きたいと思って行くだけだ」

というのはまぁ、嘘である。カエデが気を遣わなくていいように寄っただけなのだ。カエデもそれに気付いていているようで。

「ありがとうございます、貴方が主で本当に良かったと思います」

と頭を下げている。

「実はワタシも、この姿で眠ると枕がよく壊れてしまうので専用の枕が欲しいと思ってたんですぅ」

と、ナスターシャが自分の角を指さして言う。

「私も、今の枕微妙に合ってないから機会があったら買い換えたいなって思ってたんだ」

マリエルも楽しそうに店内を物色する。

「いらっしゃいませ～」

店員さん達が出迎えてくれる。こうしてみんなそれぞれ、店員さんに薦められながら自分に合った枕を造り始める。

「こちらが、最近開発されたばかりの特殊な低反発素材です。お値段はかさみますが、とても寝心地がいいのですよ」

「ほう、これは触感がいいですね」

「よければ、あちらで試してみてください」

カエデは店の奥で色々熱心に試しているようだ。

ナスターシャは、

「お客様、綺麗な形の角ですね。獣人系の種族の血が入っているのですか？」

「ええと、はい、そんなところですぅ〜」

などと店員さんと話している。

王都には、様々な人種の人達が暮らしている。通りにはキャト族さんや、たまに長命種のエルフ族も歩いている。だがさすがに、生粋のドラゴンというのはいない。

店員さんも、まさか目の前にいるのは人間に変身しているドラゴンで、しかも上位種だとは思わないだろう。

ナスターシャは、頭の角の形状を店員さん達に測られて、

「この素材ならお客さんの角でも大丈夫ですよ」

などと色々試している。

「お客様も、是非お試しください」

僕も、店員さんに勧められるままオーダーメイドの枕を試してみる。

今回店に入ったのは、あくまでカエデのためだ。僕は自分の枕を買うつもりはない。

……だったのだが。

「これは、とても寝心地がいいですね……！」

「でしょう。こちらの素材もおすすめです」

今使っている枕よりもずっと寝心地が良い。これなら毎日しっかりと疲れが取れそうだ。

気付いたら、僕も真剣に枕をオーダーしていた。

——数十分後。

僕達は、作ってもらった枕をそれぞれ受け取って支払いを済ませる。

「こ、これは！」

何かを見つけたようだ。

「どうしたんだ？」

マリエルはなにやら、YESと大きく書かれている枕カバーの前にいる。

隣には、NOの枕カバーもある。

何を考えてデザインしたのかはわからないが、〝YES〟とだけ書かれた枕カバーはとても勢いがあって良い。前向きな言葉を前面に押し出している感じが、明るくてとても好みだ。

「こういうの面白くていいなぁ」

「ひょえ!?」

何故か隣にいるマリエルが飛び上がる。

「え、メルキスはこういうの好きなの?」

「ああ。(なんだかよくわからないけど勢いがあって明るい雰囲気なので)好きだな」

「ふぅん……前は断ったくせに。へー、そうなんだ。へー、嬉しいんだ。そっか、そっかぁ……!」

口元を隠しているが、ニヤニヤしているのがわかる。どうやら、マリエルもとてもこの肯定的な枕カバーが気に入ったようだ。

「み、皆は先に外に出てて!」

僕とナスターシャとカエデは、店から追い出される。

なぜ?

「メルキス様、ああいったものが好みなんですね」

ナスターシャが恐る恐る聞いてくる。

「ああ。なんだか楽しそうだと思わないか?」

「ええ!?」

ナスターシャも気に入ったのか? 村からここまで運んでもらったし、あれくらい買ってあげるぞ。

「ワ、ワタシにもあの枕を? それってつまり……そういうことですか?」

ナスターシャは顔を真っ赤にしている。

「ええとその、ダメとは言いませんけれどもぉ……ワタシとメルキス様とではですね、種族の違いとか体の構造の違いとかがありまして……」

ナスターシャはなんだかはっきりとしない態度だ。

「主殿。主殿であればご存じと思いますが一応。あの枕カバーはですね……」

カエデが耳打ちしてくれる。

五分後。

「知らなかった……」

まさかあの枕カバーに、あんな意味があったとは。

「ご、誤解だったんですね。良かったですぅ〜！」

ナスターシャも安心してくれたようだ。

……さっき『ダメとは言いませんけれどもぉ……』と言っていたような気もするが。

聞かなかったことにしよう。

「おっまたせー！　さぁ、次は何のお店見に行こうか？　早く行こう行こう！」

絶妙なタイミングでマリエルが出てきた。何やら不自然なテンションである。早くこの店から関心を切り替えたい、という意思があるようにも見える。

マリエルは手には何も持っていない。が、マリエルには〝アイテムボックス〟の才能（ギフト）がある。買ったものはしまっておけるだろう。

……例の枕カバー、買ったのだろうか。何もわからない。

何も買っていないにしては、店から出てくるまで時間がかかりすぎている。もし、買っていたら。

そしてYES面を表示されたら。僕はどうするべきなのだろう。

「さ、さぁ次はどこへ行きたい？」

僕もまた話題を切り替えるために、さっさと王都の通りを歩き始める。

「あ、ワタシあのお店行きたいですぅ～」

ナスターシャが指さしているのは、防犯グッズ専門店だった。

「意外だな。ああいったお店に興味があるのか」

「はい。ワタシ、宝石とか貴金属を集めるのが好きなのでぇ」

そういえば、ドラゴンは金銀財宝を蒐集(しゅうしゅう)する性質があると聞いたことがある。ナスターシャもそういったものに興味があったのか。

「と言っても、コレクションのほとんどは村に来る前に棲んでいた洞窟の中に置いてきてしまいました。そのうち取りに行きたいです。そしてその前に、村の外から悪い人が忍び込まないように、セキュリティを固めておきたいんですぅ～」

「なるほど、そういうことだったのか」

店の中に入ると、防犯グッズが並んでいる。シンプルなものだと、錠前や金庫。他には、魔法で侵入者を検知して鳴る鐘や、窓の開閉を検知して光る水晶玉など。工夫を凝らした様々なグッズが並んでいる。

「いらっしゃい、ウチのグッズはどれも自慢だよ。特に強度は王都で一番さ」

店内を眺めていると、店主さんが声をかけてくる。

「そうなんですか？」

「おお。どんなに力の強い強盗でもうちの金庫を壊せるやつなんていないさ」

店主さんは自信満々に言うが、ナスターシャは不安そうだった。

「良かったら、試してみるといい。お姉さんの腕じゃ傷一つつかないさ」

店主さんは、ハンマーを差し出して店の中にあった金庫の一つを指さす。

「本当に、いいんですか……？」

「もちろんさ！」

店主さんが金庫をバンバンと叩く。

「でしたら……えい！」

ナスターシャも、素手で金庫を叩く。

〝グシャァ！〟

すると、金庫のフレームが大きくひずんでしまった。

壊れてはいないだろうが、もう使い物にはならない。

「ご、ごめんなさいぃ～！　加減したつもりだったんですけどぉ……！」

「お客さんすごい力だな！　驚いたぜ。ちょうどいい、一つ頼みがあるんだが聞いてくれねえか？」

僕達は、店主さんに店の奥へと案内される。そこには、大きくひずんでしまった巨大な金庫があった。

「これは、あるお客さんから預かってる金庫なんだがな。事故で建物が崩れて、大理石の柱が直撃したんだ。中にとても重要な書類が入ってるらしく、溶かして壊そうとすると中身が燃えちまう。名前は出せないが、依頼主は大物貴族の方でな。金はいくらでも出すからなんとしても中身を出せと言ってきている」

どうやら、無理な相談を受けて困っているようだ。

「開けてくれたら、うちの商品は好きなだけ持っていってくれていい。どうだいお姉さん、やってくれるかい？」

「や、やってみますぅ」

ナスターシャは金庫を掴んで、フレームを引きちぎるように力を掛ける。

〝メキメキメキ……！〟

フレームがゆっくりとひずんでいく。

「お、おおおおお？」

店主さんも、改めてナスターシャの怪力に驚いている。フレームがひずんで、なんとか手が突っ込めるほどの隙間ができた。

ナスターシャがそこから手を突っ込んで、力を込める。

「えーい！　開いてくださいぃ～！」

可愛らしい掛け声で、すさまじい怪力を発揮してついに金庫を破壊する。中には、無事なままの書類が収まっていた。

「うおおお！　すげぇぜ！　ありがとうよお姉さん！」

大喜びで店主さんが書類を取り出して、別の新品の金庫にしまう。

「約束通り、なんでも好きなのを持ってってくれ！」

「ありがとうございますぅ〜」

ナスターシャは、さっき叩いて壊してしまった金庫を含め防犯グッズをたくさん貰ってとても満足そうだった。

それからしばらく王都の街を歩き、一息つこうということで僕達は喫茶店に入った。

「王都にはオシャレなお店があるのですねぇ〜」

「私も、このようなお店には初めて来ました。落ち着く空間ですね」

ナスターシャとカエデが楽しそうに店の内装を見ている。

僕達は全員、ちょっとしたお菓子と紅茶を注文した。程なくして店員さんが紅茶を運んでくる。

「いい香りですぅ〜」

ナスターシャは紅茶の香りにご満悦のようだ。

「お忍びで何度か来たことがあるんだけど、ここの紅茶すっごく美味しいんだよね」

と、マリエルが紅茶を口にしようとしたとき。

〝パシッ！〟

カエデがマリエルのカップを叩き落とした。カップは割れなかったが、紅茶がテーブルの上に零れてしまった。

「ちょっと、カエデちゃんどうしたの⁉」

「失礼、手が滑りました。代わりに私の分をどうぞ」

と言って、落ち着いた様子でカエデが自分の紅茶のカップをマリエルに渡す。

「どうも、慣れない街を歩いたことで疲れているようです」

カエデが席を立つ。

「すみませんが、しばらくどこかで休んできます。そのうち主殿を探して合流しますので、ご心配なく」

そう言ってカエデは店を出ていってしまった。

「カエデちゃん、疲れてるならお店の中で休んでいれば良かったのに……」

マリエルが心配そうにカエデの背中を見送る。

「いや、大丈夫だ」

カエデがなぜ離脱したのか、なんとなくわかった。事情を説明しなかったのは、心配させないためと、今この場所で事情を説明するとまずいからだろう。

詳しい話は後で別の場所で聞かせてもらおう。

僕はカエデを信じて、今は紅茶を楽しむことにした。

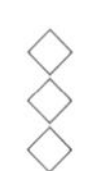

メルキス達と別れたカエデは、喫茶店の裏側に回り込む。そして、音もなく忍び込む。

店員用の休憩室へ行き、物陰にひっそりと隠れる。

「あー、今日も客が多くて大変だな～」

愚痴（ぐち）をこぼしながら、一人の若い男性店員が休憩室へやってきた。

カエデは音を立てず店員の背後に迫り――

「才能（ギフト）発動、【毒の化身】」

手のひらから睡眠毒の霧を発生させ、一瞬で眠らせる。

カエデは素早く店員の制服を奪い、変装する。本物の男性店員を近くの箱に押し込んでおく。

カエデが店内に侵入してから、わずか一〇秒の早業であった。

男性店員に成り代わったカエデが、店のキッチンへと入っていく。そこでは、複数人の店員が忙しそうに働いていた。

カエデが、紅茶を淹れようとしている店員の一人に目を付けた。店員の首めがけて手刀を振り下ろす。

〝ガッシャーン！〟

派手な音を立てて、店員が倒れて紅茶のポットが割れる。

「だ、大丈夫っスか？　俺、奥の部屋に運んどくっス」

カエデが気絶している店員を運ぶ。そのとき、さりげなくティーポットの中にあった茶葉も回収していた。

人気のない休憩室へ店員を運び込んだカエデは、部屋に鍵をかけ、店員を縄で縛り上げる。

「さぁ、起きてください暗殺者さん」

カエデが顔をはたくと、店員が目を覚ます。

「あれ、俺はなんでこんなところにいるんだ？　なんで縛られてるんだ？　お客さんの注文が溜まってるんだ、早くこの縄を解いてくれよ！」

「しらばっくれないでください」

カエデが、店員の顔の皮を掴んではがす。すると下から、全く別人の顔が出てきた。

「……なぜ、俺が店員になりすました暗殺者だとわかった？」

「マリエル殿の紅茶から、毒物特有の匂いがわずかに香っていましたから。それに、紅茶をテーブルに運んだのは貴方ですが、運んできたときに殺気が漏れていましたよ」

「俺の殺気を感じ取るとは。化物め……」

「さて、早速ですが。誰にマリエル殿の暗殺を依頼されたか、吐いていただきましょう」

「馬鹿が、一流の暗殺者ってのは絶対に依頼人のことを吐かないんだよ！」

そう言って、暗殺者の男は奥歯に仕込んでいた毒を飲み込む。

「させませんよ。ギフト、【毒の化身】発動」

カエデが、手のひらから出る白い煙を暗殺者の男の口に流し込む。

「なぜ、なぜ俺は死なない……？」

「解毒薬を生成しました。私のギフトは本来毒を体から放出するものですが、訓練により逆の性質の解毒剤を生成できるようになりました」

「馬鹿な、そんなことができる暗殺者なんて聞いたことがないぞ！　なぜお前ほどの殺し屋が無名でいるんだ」

ため息をつく。

「影に生きる者が、目立って知名度を上げてはいけないでしょう。これだから三流は」

「三流だと⁉」

暗殺者の男が激昂する。

「まぁ、何でもよいのですが。それより、早く誰に雇われたのか吐いてください」

カエデが、男の口に手を押し当てる。

「脳の一部を麻痺させて隠し事ができなくなる毒と、命に別状はありませんが想像を絶する苦痛を与え続ける毒。どちらが良いですか？」

カエデが冷たい目で問い詰める。

——一時間後。

カエデは満足そうに王都の街を歩いていた。

「マリエル殿の護衛は本来私の仕事ではないのですが。マリエル殿がいなくなると主殿が悲しみますし、これくらいのことはして差し上げましょう」

マリエルの暗殺を依頼した国家転覆を目論むテロ組織を壊滅させて、憲兵団に引き渡した帰りである。

「しかし主殿のためになるとはいえ、タダでマリエル殿のために働くというのはなんか釈然としませんね。……まぁ、私も主殿が寝ているところを護衛するとき、いつも（勝手に）マリエル殿の買った紅茶を淹れていますし。そのお代分働いた、ということにしておいてあげますか」

そうしてカエデは難なくメルキス達を見つけ出し、合流するのであった。

――翌日。

僕達は、いよいよ王国武闘大会の会場である国立闘技場へ来ていた。

円形の闘技場の周囲は、人でごった返している。皆、今日の戦いを見物しに来ているのだ。

王都の住人にとって、武闘大会は年に一度の楽しみである。今日はどんな戦いが繰り広げられるのか興奮しながら話し合っている。

そして当然、武器を持った武闘大会の参加者もいる。

この大会で繰り広げられるのは、国内最高レベルの戦い。一般参加枠に出場制限はないが、当然参加しようとするのは猛者（もさ）ばかりだ。どの参加者からも、迫力と闘志を感じる。

「じゃあみんな、また後でね～！」

僕達はまず、王族として来賓席に座るマリエルを送り届けた。

まだ時間の余裕もあるし、せっかくなので闘技場の中を見て回ることにした。

「武闘大会といいますが、まるでお祭りのような騒ぎですね」

カエデの言う通り、闘技場の中や周辺には食べ物の屋台も出ている。

「観客にとっては、お祭りみたいなものだからな。ちなみに、大会は当日参加も受け付けてるんだ。ナスターシャ、カエデ。良かったら参加してみるか？」

武闘大会は、予選と本戦に分かれている。

過去の実績などを参考に、本戦には国中から三一人の選手が厳選される。

そして、誰でも参加できるサバイバル形式の予選を勝ちのこった一人だけが本戦に進めるのだ。

カエデとナスターシャは相当な実力者だ。どこまで村以外の人間相手に実力が通じるか、見てみたい気持ちがある。

「ワ、ワタシはやめておきますぅ！　絶対に戦いになんて参加したくないですぅ……」

「私も遠慮させていただきます。私の任務は主殿の護衛。大会に参加してしまうと、護衛が疎かになってしまいますので」

「わかった」

僕達は特に当てもなく、闘技場の中を散策する。

「せっかくの武闘大会なんだ。屋台で何か好きなものを買ってくるといい」

僕は二人に小遣いを渡す。

「ありがとうございますメルキスさん。私、あのフワフワした甘い匂いのするお菓子を買ってきます～！」

「ありがとうございます。主殿のお気持ち、ありがたく頂戴いたします」

ナスターシャが、砂糖菓子をホクホク顔で買ってくる。

だが、

〝ドンッ〟

別の通りから大男が飛び出してきて、ナスターシャとぶつかる。衝撃で、無惨にお菓子が地面に落ちた。

「あぁ、私のお菓子ちゃんが……！」

涙目のナスターシャが地面に落ちたお菓子を見る。

「おい女！　どこ見て歩いてんだ！」

「ひぃいいぃ！　ごめんなさい、ごめんなさい！」

ぶつかってきた柄の悪い大男が、ナスターシャに怒鳴り散らす。

「待て、ぶつかってきたのはそっちだろう」

僕は怯えて小さくなっているナスターシャをかばって前に出る。

「なんだと、俺様は大会参加者様だぞ？　今日の主役は大会参加者。その俺様に楯突こうっていうのか？」

「それなら僕も参加者だ。それに、大会参加者でも横暴が許されるわけではない」

「なんだ、テメェみたいなほっそいのも参加者かよ……いやまて、そのツラ見覚えがあるな。思い出した、去年のジュニアクラス優勝者のメルキスじゃねぇか！」

男は僕の正体に気付いて、高笑いする。

「噂は聞いたぜ、ハズレギフトを引いて、伯爵家の恥さらしって父上に辺境の村に追放されたんだってな」

「なんだと？」

僕の中で、溶岩のように熱い怒りが噴き上がる。

こいつは今、父上のことを侮辱した。

こいつは父上を『ハズレギフト持ちという理由で実の息子を辺境に追放するような人間のクズ』と言ったのだ。

僕の追放は、一人前になるための試練だ。決して追放されたわけではないし、父上は『ハズレギフト持ちだから息子を追放する』ような人間のクズではない。

僕のことを悪く言われるのはいい。だが、偉大で優しい父上を侮辱されるのは、どうあっても許せない。

「なんだ？　文句でもあんのか？　あるならかかってこいよ、それでも大会参加者か？」

「……この場で叩き切ってやりたい気持ちでいっぱいだが、闘技場内での私闘はご法度だ。大会で決着をつけよう」

「へぇ、おもしれぇ。お望み通り大会で、観客の前で無様に叩き潰してやるぜ。ギャッハッハッハ!!」

下品な笑い声を上げて、男は立ち去っていった。

「主殿、私が始末してきましょうか？　私の毒であれば突発的な心臓麻痺に見せかけて証拠を残さず始末できます」

などとカエデが物騒な提案をしてくるが、僕は丁重に断っておく。

「本戦まで上がってきたら、必ず僕が倒してやる」

しかしこのとき、僕は思っていなかった。

まさかこの大会で、大会の歴史に残るような〝あんな出来事〟が起こるとは。

「じゃあ、そろそろ本戦参加者専用の観客席に行こうか。付き添いも入れる。ついてきてくれ」

「「はい!!」」

本戦参加者専用の入口前では、騎士団員の方達が受付をしている。王国騎士団の副団長を務めている父上の部下である。

「本戦参加者のメルキスと、付き添い二名です」

僕は受付に推薦状を渡す。

「おお、昨年のジュニアクラス優勝者のメルキス様ですね！　私も去年観戦しておりました。同世代のライバルを寄せ付けない圧倒的な剣技、お見事でした。今年も、すごいものを見せてください」

「ありがとうございます、ご期待に添えるよう頑張ります」

こうして僕らは本戦選手専用の席に案内される。

闘技場はすり鉢状になっていて、中央にある平坦な戦場を、高い観客席が囲むという構造になっている。

僕らが案内された席は、一般観客席とは違い広くてボックス席になっている。周りの選手とは直接顔を合わせなくて済むようにという配慮だ。飲み物まで用意されているという好待遇っぷりである。

そして程なくして、開会式が始まる。

闘技場の中央ゲートから、まずは楽士団が入場してくる。荘厳な歌声と楽器の音色が闘技場に響く。

次にゲートから、赤い絨毯（じゅうたん）のロールが転がり出てくる。闘技場に一本の赤い道ができた。

儀仗兵が絨毯を挟んで二列に並んで入場する。音楽に合わせ、一糸乱れぬ行進で進んで、先頭が舞台中央に着いたときに停止。

音楽はさらに盛り上がる。悠然と、国王陛下がゲートから現れた。

王冠ときらびやかなローブを身に着けた姿はとても威厳がある。

国王陛下とは何度か王宮でお会いしたことがある。あのときは、マリエルの父親としての親しみやすい雰囲気、今は一国の王としての堂々とした振る舞いを見せている。

『親愛なる臣民諸君』

開会の挨拶が始まる。闘技場中に魔法で拡大された声が響くと、途端に空気が引き締まる。

国王陛下は、国を取り巻く状況について説明していく。絶えず各地で発生しているモンスターの襲撃。近隣諸国の脅威。この国は、平和であるものの決して安泰ではないのだ。

『我が国は常に強い戦士を求めている。そこで、最強の戦士を決めるべく、第二七四回王国武闘大会を開催する運びとなった』

　観客席からまた歓声が上がる。

『優勝者には最強の称号と多大なる名誉、そして――』

　国王陛下が一旦言葉を切る。一人の大臣が歩み出てきて樫の細長い箱を恭しく陛下に差し出す。

　陛下が箱を開ける。

『優勝者にはこの〝宝剣イングマール〟を授ける！』

　陛下が箱に入っていた剣を天に掲げる。

「「うおおおおおおお!!」」

　会場中の視線が、まばゆく輝く刀身に吸い寄せられる。僕も、美しい刃の輝きに魅入られていた。

「欲しいなぁ、〝宝剣イングマール〟……！」

　大会の優勝者には、王家より最上級の宝剣が授けられるのが伝統だ。

　剣に生きる者として、質の良い剣は見ると欲しくなってしまう。僕の腰には村人の皆さんに貰った宝剣がすでにある。だがそれはそれとして欲しくなってしまう。

　何本でも集めたくなるのが宝剣だ。

『それでは、予選大会を開始します！　選手入場！』

　女性の司会の声が魔法で拡大されて闘技場に響くと、闘技場に予選参加者達が入場していく。

　全員剣や槍で武装しており、気合いが入った顔をしている。

「まて、あれはナスターシャじゃないか!?」

なぜか予選参加者に混じって、さっきまで隣に座っていたはずのナスターシャが入場していた。

「どうして、どうしてこんなことになってしまったのでしょう……？」

そして、ナスターシャ本人もなぜそこにいるのかわからないようだった。

困ったように周りを見渡している。

「さっきまでナスターシャは隣の席にいたのに、なんで……？」

「ナスターシャ殿は先ほど、『ちょっとお腹が空いたので、メルキス様にいただいたお小遣いの残りで何かお菓子を買ってきますぅ～』と言って出かけていきました」

僕は眉間を押さえる。

何が起きたのか、簡単に想像がつく。

――『あわわ、どうしましょう……道がわからなくなってしまいました……えーと、みなさんあっちへ向かっているので、同じ方向へ歩いていきましょう』

――『あのー、すみません、出店はどこにありますかぁ？　え、〝いいから早くこの紙に名前を書け！　もう予選が始まる、時間がないぞ〟ですか？　すみませんすみません！　すぐに書きます！……はい、書けましたぁ！』

――『ええと、どうして私は闘技場の外に行きたいのに中の方へ案内されているんでしょうかぁ～？』

などというやりとりがあり、間違って予選エントリーしてしまったのだろう。

「まぁ、ナスターシャの防御力なら怪我せず無事に戻ってこれるだろう」

「主殿のおっしゃる通りかと。ナスターシャ殿の鱗はゼロ距離から大砲を撃ち込んでも傷一つつかない強度で、人間形態でも防御力は落ちませんからね」

とりあえず、心配はなさそうだ。

「あ、あの～すみません、私……」

ナスターシャが恐る恐る手を上げる。

「おい見ろよあの虹色の髪の女、手を上げてるぜ！　あれはきっと『予選で最後まで勝ち残るのは私だ、雑魚ども！』という勝利宣言に違いない！　そんな挑発されたら、ぶっ潰してやらないとなぁ！」

「ひぃぃぃ！　違いますぅ！」

周りの参加者に注目されて、ナスターシャが慌てて手を引っ込める。

「あのすみません、私はただ棄権――」

「『私は危険な女です、近寄ると痛い目を見ますよ』だと!?　聞き捨てならねぇなぁそのセリフ！」

ナスターシャの後ろから、派手な赤いモヒカンヘアーの男が現れる。顔にはドクロの入れ墨が入っていた。

「ちげぇなぁ！　この予選会場で、一番『危険な男』はこの俺様、人呼んで〝マッドネストム〟様だぜ！　ヒャッハァ！」

そう言ってマッドネストムは腰から抜いたナイフをベロリと舐める。

「女、〝危険度ナンバーワン〟の座をかけて俺と勝負しようぜヒャッハァ！　本当の〝危険〟ってやつを見せてやるぜヒャッハァ！」

「どうして、どうしてこんなことに……！」

涙目になりながらナスターシャが天を仰ぐ。

「なんだなんだ、うるせえ奴がいると思ったら、メルキスのお伴の女じゃねぇか！」

大声を上げて現れたのは、さっきナスターシャにぶつかって、僕の父上を侮辱したあの男だった。

「メルキスの前に、まずはテメェを血祭りに上げてやるぜ！　びびって棄権するなら今のうちだぜ？」

「私も棄権したいのは山々なんですが……案内係の人が気付いてくれないんですよぉ～！」

「なんだ？　テメェ、武器を持ってねぇじゃねぇか！　しかも、格闘家ならば絶対にある手のマメがない。つまり、格闘家ではない。そこから導き出される結論は……」

「そうなんですよぉ、私、間違えて大会に参加させられてしま――」

「――テメェ、『予選大会くらい武器なしでも余裕で勝ち抜いてみせますぅ～。こんな雑魚ども相手なら、ハンデをあげないと可哀想ですよぉ～』って俺達のことを舐め腐ってるな!?」

「ひゃ!?　いえ全然、そんなことはないのですが……！」

「どのみちメルキスの仲間であるテメェは最優先でボコる予定だったんだ。覚悟してもらうぜ。おいお前ら、こいつからいくぞ！」

「「へい!!」」

ガラの悪い男が呼びかけると、似た系統の防具をつけた男達が集まってくる。

「あれは――チームを組んでいるのか」

予選大会は最後の一人になるまで戦う個人戦だが、たまにああやって仲間と一緒に参加して、チームで連携を取って戦う連中がいる。

もちろん大会規則違反なのだが、『仲間じゃありませ～ん、たまたま近くにいた別の参加者と、連携がうまくいっちゃっただけです～』と言い張れば、証拠は何もない。許すまじき卑劣な行為だ。

男と、その仲間達がナスターシャを完全に包囲する。

「さて、そろそろ始めるか。才能(ギフト)発動、【ハンマーマスター】！」

そう叫ぶと、ガラの悪い男の腕がうっすらと発光し始める。そして、足元に置いてあった巨大なハンマーを持ち上げた。

「このハンマーは、普段の俺では使いこなせないほど重てぇ。だが、俺様のギフト【ハンマーマスター】の効果で、ハンマーを持つときだけ俺の腕力は二倍になり、この通り扱うことができるのさ。ギャッハッハッハ！　最強のギフトを持つこの俺様を倒したきゃ、ドラゴンでも連れてくるんだな！」

目の前にいるぞ。

「ひぃいいぃ、どうしましょう、勝てっこありません……！」

ナスターシャは、座って頭を抱えて震えていた。

『さぁ参加者の皆さん、準備はよろしいでしょうか!?　それでは王国武闘大会、予選開始です！』

「いくぜ！　まずはテメェだ！　くたばれ、メルキスの取り巻きぃ！」

例のガラの悪い男が、ナスターシャにハンマーを振り下ろす。が、

「キャアアア！」

ナスターシャが、ハンマーから身を守るために咄嗟に手で振り払う動きをする。そしてそれが、ハンマーに〝かすった〟。

〝バシイイイィン‼〟

それだけで、大型ハンマーは持ち主の手を離れて天高く舞い上がる。

参加者を含め、会場の全員が空高く舞うハンマーを見上げていた。

――そして、ハンマーが落下してくる。

〝ドカアアアアアアアアアアアアアアァァァァァァァアン！！！！〟

凄まじい轟音を上げて、ハンマーが地面に衝突。闘技場全体が少し揺れるほどの衝撃だった。ハンマーは地面に深々とめり込み、柄の部分だけが地上に出ている。

「――――――え？」

ハンマー使いの男は、何が起きたのかわからずポカンとしている。周りにいる仲間もそうだ。

こうして、のちに伝説となる王国武闘会の予選が始まったのだった。

「誰か、誰かあの女を止めろぉ！」

片手でハンマーを空高く弾き飛ばしたナスターシャを見て、予選大会参加者達の心が一つになる。

『あの女を止めないとやばい』と。

「オレに任せろ！　呪詛魔法〝ダークビジョン〟！」

ハンマー使いの男の取り巻きの一人が、ナスターシャに魔法をかけた。

〝ダークビジョン〟。しばらくの間、相手の目を完全に見えなくする魔法だ。

「きゃあああ！　目が、目が見えませーん！　誰か助けてくださいぃ～」

ナスターシャは、完全にパニックになってしまっていた。

「いまだ！　全員で叩け！」

ハンマー使いの男が、仲間に指示を出してナスターシャを襲わせる。

「こ、来ないでくださーい！」

ナスターシャが身を守るために、手当たり次第に手を振り回す。

そこにたまたまあったのが、さっきのハンマーだったのが運の尽きだ。

ナスターシャにとっては、『目が見えないので適当にその辺りにあったものを掴んで振り回した』だけなのだが、その破壊力が尋常ではない。

〝ボガアアアアアァン!!〟

ハンマー使いの男とその仲間達が、まとめて一撃で吹き飛ばされ、数十メートル離れた闘技場の壁に張り付いていた。

死んではいないだろうが、間違いなく戦闘不能だ。

……そこから先は、ひどい有様だった。

「逃げろ、あんなバケモノに勝てるわけがねぇ！」

「俺は棄権する！　早く、早くここから出してくれ！」

「うるさい、棄権するのは俺が先だ！」

参加者はパニックになって闘技場の出口へと殺到する。

残る参加者が二人になる。そこでようやく、ナスターシャにかけられていた魔法が解けて目が見えるようになった。

「や、やっと目が見えるようになりましたぁ～。って、ええ!?　なんで皆さん壁に叩きつけられて気絶しているんですか!?　誰がこんな恐ろしいことを……？」

(((お前だよ！！！！！)))

という思いで会場が一つになったのを感じた。誰も怖いので口に出さないが。

「え、皆さん棄権しちゃったんですか……？　じゃあ私もきけ――」

「俺は棄権するぜヒャッハァ！　あんな危険な女とやりあうなんてまっぴらごめんだぜヒャッハァ！」

棄権しようとしたナスターシャより早く、マッドネストムが棄権を宣言して逃げていく。

『最後の一人になったため、ここで予選終了です！　決勝戦に進むのは、ナスターシャ選手です!!』

「なんでえええええぇ～？」

客席から歓声と拍手が沸き上がる。

「冷静であれば、目が見えなくてただハンマーを振り回すだけのナスターシャの攻撃を避けることは難しくありません。あの程度でパニックになって勝機を逃すようでは、他の予選参加者は本戦に勝ち上がっても間違いなく初戦敗退でしょう」

僕の隣で、カエデが冷静に分析する。

「僕もそう思う。残念ながら、今年の予選参加者には、本戦を勝ち上がれる実力者はいなかったみたいだな」

『それでは、そのまま本戦開始となります！　第一試合、メルキス選手VSジャッホ選手！』

いよいよ本戦の幕が上がり、僕の名前が呼ばれる。

「じゃあ行ってくるよ」

「主殿、ご武運を」

カエデが恭しく頭を下げて僕を見送ってくれる。

「あぁ、ワクワクしてきた……！」

いよいよ僕は、闘技場の舞台に降り立つ。

ジュニアクラスでここへ来たことはあったが、シニアクラスでの参加はまるで別物だ。

勝ち進んでいけば、剣を握る者であれば誰もが一度は憧れる、王国武闘大会優勝の称号が手に入るのだ。

ジュニアクラスのときも立ったことのある舞台だが、まるで見える景色が違う。これからどんな強敵と戦えるのかと思うと、鳥肌が立つほどワクワクする。

『本戦一回戦の選手をご紹介しましょう！　昨年のジュニアクラスチャンピオン、メルキス選手！昨年は一四歳とは思えない見事な剣技と格闘術でライバルを圧倒した強者です！　如何なるギフトを手にしたのかは不明ですが、ギフトなしでも強いことは証明されております！』

　司会が紹介すると、観客が沸き立つ。

「出たぞ、ハズレ才能（ギフト）のメルキスだ」

「ジュニアクラスのときは敵なしだったのにな。才能（ギフト）がハズレでさえなければなぁ……」

「ロードベルグ家は、弟のカストルの方が【剣聖】を授かって助かったよなぁ」

　観客がいろいろと口にする。その多くが、僕が『ハズレ才能（ギフト）の持ち主だ』という内容のものだ。

　僕がハズレ才能（ギフト）持ちだから追放されたわけではないことを、今に証明してみせる。

『対するは、昨年のジュニアクラス準優勝者、ジャッホ選手！』

　向かいの入場口から金髪美形の少年、ジャッホ君が闘技場に入場してくる。年は僕と同じ一五歳だ。家は貴族の中で最も位が高い〝公爵〟で、同じ貴族でも〝伯爵〟であるロードベルグ家とは文字通り格が違う。

『メルキス選手とジャッホ選手は、昨年ジュニアクラス決勝にて激闘を繰り広げた因縁の間柄！　メルキス選手が勝利していますがお互い一五歳となり、才能（ギフト）を手にして実力関係がどう変わったか、注目です！』

　ジャッホ君が闘技場中央まで歩いてくる。歩き方の所作にさえ優雅さがある。一歩足を踏み出すたびに、観客席から黄色い声援が上がる。

ジャッホ君が観客席に向かってウインクする。気取ったような所作なのだけれど、美形のジャッホ君がやるとサマになる。観客席からはさらに黄色い声援が上がる。

「今日も素敵ですジャッホ様！」

「ジャッホ様！　ハズレ才能(ギフト)持ちなんて瞬殺してやってください～！」

「伯爵家育ちの貧乏なんてジャッホ様の相手にならねぇっすよ！」

そこでジャッホ君が観客席の方へ向き直る。

「君達。メルキス君を馬鹿にすることは許さないよ」

ジャッホ君が言うと、声援が一気に静まり返る。

「彼はボクに唯一勝利した、尊敬すべきライバルだ。彼を貶(おとし)めるようなことは言わないでくれ。ボクからのお願いだ」

そう言ってジャッホ君はまたウインクを観客席に飛ばす。するとまた観客席が沸き上がる。

そうして再び僕の方へ歩いてきて――握手を求めてきた。

「久しぶりだね、メルキス君。ボクはずっとこの日を楽しみにしていたよ」

「僕もだ。君ほどの剣士とまたこんな大舞台で戦えることを幸運に思うよ」

僕は握手に応じた。

「一年前だったね。ジュニアクラス決勝で、この場所でメルキス君と戦ったのは」

ジャッホ君が語りだす。

「あの日、ボクは初めて〝敗北〟というものを知った。ボクは王侯貴族の家に生まれ、剣の才能もあ

り、容姿にも恵まれていた」

ジャッホ君がちらりと観客席を見る。視線の先では、女の子達が『ジャッホ様最高』と書かれた大判タオルを振っていた。

「僕はこれまで勉強でも剣術でも走りでも、どんな勝負であれ同世代には一度も負けたことがなかったんだ。……去年。君と戦うまでは」

握っているジャッホ君の手に少し力がこもる。

「あの日、ボクは全力を出して戦って、君に敗れた。周りの人間は知った風な口で『あれは惜しい勝負だった』とか『次は勝てる』とか『運が悪かっただけ』とか言うが、それは違う。あの勝負は外で見ている素人では理解できないほど高いレベルの勝負だった。そして、ボクは終始圧倒されっぱなしで完膚なきまでに敗北した」

ジャッホ君の言う通りだ。

普段なら『そんなことはない、あの勝負はたまたま僕が勝てただけだ』と謙遜するところだが、そんな生半可な優しさはかえって彼を傷つけるだけだろう。

僕は無言で小さく頷いて肯定した。

「あの日、ボクは生まれて初めて圧倒的な『敗北』を思い知らされたよ。これまで研鑽してきた剣技がまるで通用しない絶望感。打ちのめされた屈辱。あのときの感情は、忘れられないよ。父上に殴られたのもあの日が初めてだった」

ジャッホ君が握手する手にさらに力が入る。痛いくらいだ。

「ボクがどれほどこの日を楽しみにしていたかわかるかい？　あの日からずっとボクはこの日のために鍛えてきた。君と再びこの大舞台で戦う、それだけのために」

怒りとも憎しみとも違う、かといって殺気とも違う何か強力な気配をジャッホ君から感じる。思わず握手を振りほどいて後ろに飛びのいてしまいそうになった。

見ると、ジャッホ君の口元が歪んでいる。さっきまでのさわやかな笑顔はどこかへ消し飛んでいた。

ジャッホ君が握手を解いて、試合開始位置につく。そして、腰から優雅な装飾の施された突剣を引き抜く。

僕も剣を抜いて構える。

今のジャッホ君からは、得体の知れない圧力を感じる。気を抜けば負ける。

『両者、準備は良いですね？　それでは、メルキス選手VSジャッホ選手、試合開始！』

〝キイイィン！〟

試合開始の宣言と同時に、甲高い金属音が響く。

ジャッホ君が、突剣を僕の喉元めがけて突き出していた。

反射的に剣で防いだが、気を抜いていたらもう勝負はついていた。恐るべき速さだ。

「ボクのギフト【アクセラレーション】は、ボクのスピードを三〇倍にまで加速する！　メルキス君、この速度についてこれるかな!?」

ジュニアクラスのときにも、スピードだけはジャッホ君は僕より速く、『閃光』の二つ名を持っていた。そこへ相性の良いギフトを授かり、手の付けられない強さになっている。

【根源魔法】の力で性能が高まった身体能力強化魔法〝フォースブースト〞を使っている僕は、普段の数十倍にパワーもスピードも上がっている。だが、今のジャッホ君のスピードはそれより速い。

初手で仕留め損なったジャッホ君が一旦後ろに下がって間合いをとる。この隙に、守りを固めてペースを握る！

「土属性魔法〝ソイルウォール〞発動！」

僕は魔法で土の壁を作り出す。しかし、

「その程度では何の守りにもならないよ」

突如横から突きが繰り出された。恐るべき速度で、ジャッホ君が土の壁を回り込んできたのだ。

ジャッホ君の言う通り、土の壁を一枚生成しただけでは何の意味もなさそうだ。

魔法戦闘を捨てて、僕は剣で迎え撃つことを決めた。

〝キン！　キキキキン！〞

甲高い音を響かせながら、剣の攻防が続く。

「すげぇ……！」

「速すぎて剣の軌跡がまるで見えねぇ」

「一体俺達は何を見ているんだ」

遠くから、あっけにとられたような観客の声が聞こえる。

僕のスピードでは、ジャッホ君の剣筋を見てからの防御は間に合わない。攻撃を先読みし、最小限の動きで防がなくてはならない。

スピードでは負けているが、剣技の組み立ての精度では僕の方が上。

暴風のような激しい攻撃の中、突き攻撃を完全に読み切って剣で弾く。

攻撃を受け流されたジャッホ君に隙が生まれる。それを僕は見逃さない。ジャッホ君の体勢を崩すために、空いている左手で掌底(しょうてい)を胸に叩き込んで――

〝むにゅん〟

「え?」

おかしい、今柔らかな感触がしたぞ。

お互いに下がって間合いを取る。

「何だったんだ、今の感触は……」

そのとき、僕の頭の中である記憶がよみがえる。

聞いたことがある。貴族の家では男児に恵まれない場合、跡継ぎを確保するために娘を男として育てるケースがあると。

もしかして、ジャッホ君は……。

「お察しの通り、だよ」

ジャッホ君、いやジャッホちゃんが小さくウインクして肯定する。口元に人差し指を立てている。

観客の皆さんには内緒にしておいてくれ、ということだろう。僕は小さく頷く。

「柔らかかったかい? その反応を見るに、触るのは初めてだったようだね。ボクも触られたのは初めてだ」

観客に聞こえないよう、小声で話しかけてくる。

「知らないことだったとはいえ、ごめん」

「気にすることはないさ。それより、やはりメルキス君、君は素晴らしいよ！」

「……え？」

「限界まで鍛え上げた剣術に、最強のギフト【アクセラレーション】を合わせたボクに敵はないと思っていた。しかしそんなボクの自信を、木っ端微塵にぶち壊してくれる。この手も足も出ない絶望感、堪らないよ！」

今気付いたのだが、ジャッホ君……なんか喜んでないか？

「一年前。初めて敗北を知ったあの日。ボクは生まれてから一番幸福だった。君に打ちのめされたあの瞬間。快感が体を駆け巡った」

ジャッホ君の頬が紅潮している。

「限界まで修行して、全力を尽くしてそれでも手も足も出ないこの無力感！　絶望感！　敗北感！　堪らないよメルキス君！　君に敗れてからずっと、ボクはもう一度この感情を味わうために修行に打ち込んできたんだ！　自分を限界まで高め、その上で完膚なきまでに敗れる！　その瞬間こそ、ボクの幸せなんだ！」

なるほど。ジャッホちゃんは大分変わった性癖を持っているようだ……。

というか、もしかして僕が発現させてしまったのか？

「ウソだろ……？」

「ウソなんかじゃないさ。さぁ、もっとボクを打ちのめしてくれ！　完膚なきまでに、手も足も出ないくらいに！」

息を荒くしたジャッホちゃんが襲ってくる。

突きの強襲を読み、防ぐ。防ぐ。防ぐ。弾く。そして、カウンターの攻撃を入れる。

攻防が続き、ジャッホちゃんだけ一方的にダメージが溜まっていく。

「これだけ攻めても傷一つつけられない！　なんという絶望感、最高だ！」

今のジャッホちゃんは興奮しているのか、なんというか、色っぽい。

そして激闘の末に——

僕はジャッホちゃんの斬撃を弾く。衝撃で、ジャッホちゃんの持っていた剣が宙を舞う。僕は剣の切っ先をジャッホちゃんに突きつけた。

「……決着だ」

「ああ、やはり君は素晴らしいよ。ここまで完璧な敗北を与えてくれるなんて」

ジャッホ君は、恍惚（こうこつ）とした笑みを浮かべていた。

『ここで試合終了ー！　勝者、メルキス選手！』

客席から歓声が上がる。

「来年、また、君と戦える日を楽しみにしているよ」

そう言って、ジャッホちゃんは満足そうに出口へと向かっていった。

正直なところ、僕はもうジャッホちゃんとあまり戦いたくない……。

「主殿、お疲れ様でした。何というかその……本当にお疲れ様でした」

席に戻ると、カエデが僕を労らってくれた。

「ありがとう。体力は全然使っていないはずなんだけど、なぜかどっと疲れたよ……」

そうしている間に、次の試合が始まる。

『続いての試合は、ナスターシャ選手VSカストル選手です！』

司会の声が響くと、両者が会場入りする。

お互い、堂々とした様子だ。

『先程の試合で圧倒的な強さを見せつけたメルキス選手の弟、カストル選手！　対するは、予選で異次元の強さを見せつけた無名の新星ナスターシャ選手！』

二人は迷いなく会場中央へと進んでいく。これは熱い戦いが期待できそうだ。

『ナスターシャ選手VSカストル選手、試合開始——』

「「——棄権します!!」」

試合が始まった瞬間、両者が同時に宣言した。

かつてなかった事態に、会場がどよめく。

「予選の様子見てたぜ！　あんな化け物みたいなパワーの持ち主に、勝てるわけねえだろ！　棄権だ棄権！」

と、カストルが叫ぶ。

相手の強さを見極めて撤退を決めたのか。冷静な判断ができるようになったなカストル。僕は嬉しい。

一方のナスターシャは、

「わ、私があんな強そうな人に勝てるわけないですぅ。だって、剣持ってるんですよぉ？　怖すぎますぅ〜！」

と涙目で訴えている。

「そうか、レインボードラゴンのナスターシャから見てもカストルは強そうに見えるか。成長したなぁ、カストル」

「主殿は弟に甘すぎますよ……」

隣でカエデが少し呆れていた。そんなことはないと思うのだけど。

『えー。た、ただいま審判団が審議を行っております。しばしお待ちください……』

二人同時の棄権宣言という前代未聞の事態に、司会者も動揺を隠せていない。

『……判定が出ました！　ナスターシャ選手の方がほんの一瞬棄権の宣言が早かったため、ナスターシャ選手の棄権が有効となります！　試合はカストル選手の不戦勝です！』

「やりましたぁ〜！」

ナスターシャは、ぴょんぴょん跳ねながら喜んでいた。

「クソ、一瞬遅かったか……！　いや、でもこれであの女と戦わずに勝ち進めたんだからいいのか。……いい、のか……？」

カストルは不思議そうな顔をしている。

「これでお互い勝ち進めば決勝でカストルと戦えるな。楽しみだ……！」

僕はますます気合が入る。絶対に油断せずに勝ち進もうと心に決めた。

『続きましての試合は、エンピナ選手VSダニエル選手！』

対戦カードが発表された途端、会場が騒然とする。

「エンピナ様だって⁉　あの伝説の⁉」

「数年に一度しか出ないけど、出た年は必ず優勝するっていうあの伝説の大賢者エンピナ様⁉」

「ラッキーだぜ、今年は当たりの年だ！」

会場に、風が吹き荒れる。そして空から、何か巨大な物体が降ってくる。

「あれは……竜の頭蓋骨⁉」

地面寸前でピタッと静止する。その上には、小柄な人影が腰掛けていた。

〝大賢者エンピナ〟。年齢不詳。長寿命のエルフ族。中性的な容姿で、性別も不明。

顔立ちは少年のようにも少女のようにも見える。ゆったりとしたエルフの民族衣装を着ているため、体のラインもよくわからない。

王国内に住んでいるらしいが、どの地方かはわからない。たまに気まぐれにふらりと王宮を訪れて、王宮内の魔法使いに非常に価値ある魔法の知恵を授けてはまたふらりと消える、とても気まぐれな方だ。

「あれがエンピナ様……僕も初めて見る。他の参加者とは次元が違うな……」

「はい。凄まじい力を感じます」

隣にいるカエデもエンピナ様の迫力を感じ取っているようだった。

エンピナ様の背後では、赤や青など色とりどりの水晶が、色を変えながら漂っている。緩やかに宙を漂いながら陽の光を反射、屈折させて煌めくその様子はとても美しい。が、同時に恐ろしくもある。

あれがエンピナ様の武器なのだ。

「人間の街に来るのは久しいが。相変わらず騒々しいことだ」

穏やかな、それでいて迫力ある声が会場に響くと会場がしんと静まり返る。

「胸をお借りします、エンピナ様」

対戦相手であるダニエルさんが深々とエンピナ様にお辞儀をする。

歴戦の剣士であり、体格に恵まれているダニエルさんは申し分ない実力者だ。武闘大会でも、毎回準決勝あたりまで勝ち進む堅実な実力がある。

それでも、エンピナ様の迫力の前では見劣りしてしまう。

体格だけで言えば大柄なダニエルさんに対してエンピナ様は子供のような小柄さだ。しかし、今のダニエルさんはまるでライオンの前に立つ子猫のようにしか見えない。それだけの実力差があるのだ。

『それでは、エンピナ選手VSダニエル選手、試合開始！』

「うおおおお！」

ダニエルさんが剣を構えて突進する。魔法を使う相手には距離を詰める。定石だ。

しかし。

「包囲せよ」

エンピナ様が指を振るうと、後ろに漂っていた六つの水晶が素早く飛翔し、ダニエルさんを囲む。

「ぐっ……」

ダニエルさんの剣の間合いのほんの少し外側を水晶が回転しながら包囲する。

だめだ、あれはもう逃げられない。

「氷属性魔法〝アイスニードル〟、六重発動」

エンピナ様が命じると水晶が一斉に蒼色に染まり、氷の杭を発射する。

通常のアイスニードルは大きめの氷柱程度の太さだが、エンピナ様の放ったアイスニードルは一本が丸太ほどの太さだった。下級魔法でありながら、並の魔法使いの中級魔法以上の威力がある。

そしてそれが同時に六発、ダニエルさんに向かって全方位から放たれた。

「ぐあああぁー!」

なすすべもなくダニエルさんは戦闘不能になった。まさに〝瞬殺〟だ。

あまりのすごさに、会場は静まり返っている。

エンピナ様の従える水晶。あれこそがエンピナ様の誇る才能(ギフト)【クリスタルパワー】である。あの水晶を介して、魔力を属性変更、増幅して魔法を放つのだ。

強力な魔法の複数同時発動。しかも、複数方向から飛んでくるので防ぐのは極めて難しい。あの力でエンピナ様は三〇〇年前の大戦でも多くの魔族やモンスターを倒し、人類の勝利に貢献したのだ。

まさに、生きる伝説である。

「つまらぬ。やはり、並の戦士では我を興じさせるには至らぬ」

そう言って、エンピナ様が選手席の僕を見た。

「汝と戦える日を楽しみにしていたぞ、メルキス。去年の大会、我も見ていたぞ。汝が強力なギフトを手に入れれば、我と互角に戦える存在になり得るかもしれぬ。そう思って今年の大会参加を決めたのだ」

エンピナ様が僕の戦いを楽しみにしていた？　なんて、なんて光栄なことだろう。

「我の期待を裏切ってくれるなよ、メルキス」

「ありがとうございます。僕も、あなたと戦える機会があればと夢見ていました」

お互い勝ち進めば、エンピナ様とは準決勝で戦うことになる。

伝説的な魔法使いであるエンピナ様と戦える高揚感で、僕はワクワクしていた。

それに、僕の【根源魔法】の新しい力〝魔法融合〟を存分に使える相手に出会えたことも嬉しい。

エンピナ様が相手なら、火力過剰でやりすぎてしまうこともないだろう。

それから試合は順調に進んでいった。

僕は大きなダメージを受けることなく勝ち進んだ。

カストルも、時折危うい場面があるものの勝ち進んでいる。【剣聖】の才能（ギフト）を手にしてからはちゃんと修行に励んだらしく、他の実力者相手に互角以上に戦えている。

勝利するたびに会場からカストルに拍手が送られるのが、僕には我が事のように誇らしい。

「はぁ、はぁ……なんっっっっっとか勝ったぜ！　これでやっと、決勝でメルキス兄貴と戦える。これで兄貴を超えられるぜ……！」

準決勝を制したカストルが、選手席の僕を見る。その瞳には、熱くたぎる情熱があるように見えた。

僕の準決勝の相手は、当然エンピナ様だ。一歩も動くことなく対戦相手を瞬殺し、勝ち上がってきている。

そしていよいよ、僕とエンピナ様が準決勝で戦う時が来た。

僕は胸の高鳴りを抑えつつ闘技場へと降り立つ。そして、エンピナ様と向かい合う。

近くで見ると、凄まじい圧力だ。

「わかるぞメルキス。去年よりも実力が跳ね上がっておる。強力なギフトを手にしただけでなく、日々の鍛錬も怠っていないとみえる。これなら、少しは楽しめそうだ」

エンピナ様が、悪戯っぽく微笑んだ。

「お褒めにあずかり光栄です」

僕は剣を構える。

『さぁ、今大会最注目の対戦カード、準決勝メルキス選手VSエンピナ選手、試合開始！』

いよいよ戦いの火蓋（ひぶた）が切って落とされた。

「まずは小手調べだ。この程度で終わってくれるなよ？」

エンピナ様の水晶が僕を取り囲む。

僕は剣で破壊しようとするのだが、水晶はひらりひらりと攻撃をかわし、僕の間合いの外に逃げていく。

エンピナ様は、単なる腕の良い魔法使いではない。魔族との大戦を生き延びた、歴戦の戦士でもあるのだ。戦闘の経験は圧倒的に僕よりも上だ。

エンピナ様が再び指を振るう。

「氷属性魔法〝アイスニードル〟、六重発動」

水晶が蒼く輝き、六本の氷柱が襲い掛かってくる。

身体能力強化魔法〝フォースブースト〟で強化された身体能力があれば、軌道ははっきりと捉えられる。

僕は氷柱四本をかわす。かわし切れない二本は剣で叩き落とす。

「すげえ、あのエンピナ様の攻撃を見切ったぞ」

「いや、エンピナ様もまだ小手調べだ。勝負はこれからだ！」

最初の攻防でさえ会場が沸く。

「よい。よいぞメルキス。では、これはどうか」

エンピナ様の操る水晶が不規則に動き、それぞれバラバラの色に変わる。

「下級氷属性魔法〝アイスニードル〟、
下級火属性魔法〝ファイアーボール〟、
下級風属性魔法〝ウインドカッター〟、
下級地属性魔法〝ロックエッジ〟、
下級雷属性魔法〝ライトニングスパーク〟、同時発動」

水晶からそれぞれ氷の杭、火球、風の刃、鋭利な岩、そして電撃が一斉に襲い掛かってくる。

「地属性中級魔法〝ソイルウォール〞!」

僕は色とりどりの攻撃を土の壁で防ぐ。

防ぎきれなかった風と岩の刃を剣で斬り落とす。

「地属性魔法を取得していたか。しかもこの威力。なるほど、そうでなくては面白くない」

再びエンピナ様が攻撃魔法を放とうとする。

しかし僕は、見たことで新しく魔法を習得していた。

『新しく五種類の魔法をコピーしました。

【根源魔法】

◯使用可能な魔法一覧

・火属性魔法〝ファイアーボール〞

・聖属性魔法〝ホーリー〞

・身体能力強化魔法〝フォースブースト〞

・回復魔法〝ローヒール〞

・地属性魔法〝ソイルウォール〞

・植物魔法〝グローアップ〞

・永続バフ魔法〝刻印魔法〞(ギフト)

・氷属性魔法〝アイスニードル〞[New!!]

・風属性魔法〝ウインドカッター〞[New!!]

・地属性魔法〝ロックエッジ〟［New!!］
・雷属性魔法〝ライトニングスパーク〟［New!!］」
「氷属性魔法、〝アイスニードル〟発動！」

僕が生み出した氷の杭は、エンピナ様のものよりさらに数倍大きい。巨大氷柱がエンピナ様に向かって翔けていく。

「ファイアーボール！」

エンピナ様が防御用に残していた水晶から、火球が放たれる。

冷気と灼熱がぶつかり合う。相性で勝る〝ファイアーボール〟でも、僕の〝アイスニードル〟を打ち消せない。軌道をそらすことしかできなかった。

エンピナ様のすぐ横に僕の氷柱が落下して地面を凍らせる。

「驚いた。我以上の威力で下級魔法を扱う者がいるとはな。では次、中級魔法……いや。汝相手には小手調べにもなるまい」

エンピナ様が指を振るう。すると、水晶同士が集まっていく。水晶が三つずつ合わさり、大きな塊となる。それが二つ。

そして水晶の塊を中心に、巨大な魔法陣が広がっていく。

「上級氷属性魔法〝ブリザード〟、二重発動！」

上級魔法は、発動するだけでも難しい。王宮魔法使いの中でも、精鋭中の精鋭しか発動できないだろう。それを、二重で発動するなどもはや神業だ。

二つの魔法陣から、強烈な風と冷気が放たれる。急激に闘技場が冷えていく。

雪が視界を覆い尽くし、地面を白く染め上げる。

息をすると冷気が一気に肺の中まで入り込んでくる。体が寒さで思うように動かない。

こんな吹雪の中にいては、一分と経たず氷漬けになってしまうだろう。吹雪から逃げようにも、闘技場の中すべてがエンピナ様の魔法の効果範囲なので逃げられない。

だったら……!

「魔法融合発動。火属性魔法〝ファイアーボール〟と地属性魔法〝ソイルウォール〟を融合。〝灼熱と大地の守護〟!」

地面から、真っ赤な溶岩が噴き上がり壁を作る。壁は風を防ぎ、熱が冷気を吹き飛ばす。

「二属性の魔法を使い、それを融合させただと……!? それが汝の才能(ギフト)か」

「はい。僕の才能(ギフト)【根源魔法】は見た魔法をコピーし、それを融合させることができます」

「なんと、なんと素晴らしい……。それは、魔法使いであれば誰しもが欲する、間違いなく最強の才能(ギフト)である」

エンピナ様は、うっとりとした表情を浮かべる。そして、とんでもない提案をしてきた。

「メルキスよ、我の弟子になれ」

「……え?」

「汝であれば、我が生涯を捧げた魔法研究の成果を継ぐに相応しい。常人であれば一生かけても学びきれぬ我が研究成果を、汝であれば二〇……いや一〇年あれば学び切れるであろう」

「なんて羨ましいんだ!!」

声がする方を見ると、王宮魔法使いの皆さんが控えている席だった。国で最高位の魔法使いさん達が、ハンカチを噛んで悔しがっている。

「私も！　エンピナ様、どうかわたくしもついでに弟子にしていただけませんか！」

「俺もです！　雑用でもなんでもします！　弟子にしていただけるなら全財産差し出しても構いません！」

「汝らは黙っておれ」

エンピナ様は、振り向きもせずに〝アイスニードル〟を発射。弟子入りを希望した魔法使いさん達の顔を氷の杭が掠める。

「エンピナ様。本当にありがたいお話なのですが。残念ながら、僕は修行中の身であり、同時に村の領主でもあります。一〇年もの間弟子入りすることはできません」

「なんと……まさか我への弟子入りを拒む者がいようとは。ふふ、そうでなくては面白くない。それなら、力ずくで弟子にしてやるとしよう」

エンピナ様が僕を指さす。

「メルキス。我がこの勝負に勝ったら汝は我の弟子となれ。良いな？」

「待ってください。それは……」

「ゆくぞ。我がとっておきを見せてやろう」

僕の言葉を無視して、エンピナ様が魔法を発動する。

水晶が勢いよく飛び、エンピナ様を中心として高速で周回する。

「上級魔法を超える魔法を汝に見せてやる」

「それは、まさか……！」

上級魔法のさらに上というと。

伝説の魔法、〝超上級魔法〟。

三〇〇年前の大戦でエンピナ様が発動したという記録は残っているが、本当に存在するのか半信半疑だった。それを見れるというのだ。

エンピナ様を中心に魔法陣が出現する。

「なんて大きさだ……」

闘技場の舞台を覆い尽くすほどのサイズの魔法陣が出現した。当然、これほどの大きさの魔法陣は見たことがない。

とんでもない魔法が発動しようとしている。

「超上級地属性魔法〝アースコフィン〟発動」

地面が揺れる。僕を挟むように二ヶ所の地面が盛り上がる。地面はどんどん高くなっていく。

そして、僕を挟んで二枚の天を衝くような壁が出現していた。

観客席を覆うほどの巨大な影が闘技場に落ちる。

「死んでくれるなよ、メルキス」

二枚の壁が、両側から迫る。このままでは文字通り、あの壁は僕を押し潰して土の棺(ひつぎ)となるだろう。

「氷属性魔法〝ブリザード〟と風属性魔法〝ウインドカッター〟を融合。〝白銀と烈風の刃〟」

冷気が大地を凍らせて、動きを止める。そして、風の刃が大地を切り刻んでいく。

巨大な土の壁は白く凍えて、バラバラになって地面に落ちる。

「超上級魔法まで破るとは。だがまだ我は――」

「いえ、これで終わりです」

エンピナ様が新たな魔法を発動する前に、僕は間合いを詰めて剣を突きつける。

決着だ。

『ここで試合終了ー！　勝者、メルキス選手！　すさまじい規模の魔法の応酬！　かつてないほどの激戦！　これは、王国武闘大会の歴史に、間違いなく名を残す一戦となるでしょう！』

観客席からは、惜しみない拍手が送られる。

「ありがとう！　すごい試合を見せてくれて！」

「すごいぞメルキス！　エンピナ様を倒すなんて！」

「やっぱりメルキスはハズレ才能(ギフト)だから追放されたわけじゃなかったんだな！」

父上が僕をハズレ才能(ギフト)持ちだから追放したという誤解も解けたようで何よりだ。

「見事であったメルキス。汝の生み出した融合魔法、素晴らしいぞ」

拍手をしながら、エンピナ様が歩み寄ってくる。

「だがそれはそうと、やはり汝にはなんとしても弟子になってもらう！　我が勝ったら弟子になってもらうとは言ったが、負けたら弟子にするのを諦めるとは一言も言っておらぬからな」

「そう言われましても……」

なんて強引な。

「どうしても教わってもらう。一〇年とは言わぬ。一度エルフの里へ来るといい。我が研究所で、汝は今より強くなれるぞ？」

「メルキス君、ぜひ行きたまえ！」

観客席からそう叫ぶのは、ジャッホちゃんだ。

「ぜひもっと強くなって、もう一度僕に徹底的な敗北を味わわせてくれ！」

「そこの若造。我が弟子を貴様の異常性癖に付き合わせるでない」

「ご提案は本当にありがたいのですが、領主という立場上あまり長期間村を空けられなくてですね……」

「そうか。では、こちらから行くぞ」

と、エンピナ様が譲歩してくれた。

「本当ですか！　それではぜひお越しください！　できる限りのもてなしをさせていただきます。うちの村の食べ物は美味しいですよ」

「ふふふ。楽しみにしておるぞ」

そう言ってエンピナ様は満足そうに去っていった。

激戦を制し、なんとか僕は決勝進出を決めた。

これでいよいよ、決勝でカストルと戦える。

だが。

「会場が無茶苦茶だな……」

見渡すと、闘技場の舞台は見るも無残な様子になっていた。

エンピナ様が超上級魔法で土を盛り上げて、僕がそれを凍らせたうえに切り刻んだ。

闘技場の舞台は平らなところが見つからないほどでこぼこして凍り付いている。

『決勝戦のメルキス選手対カストル選手の試合ですが、ただ今審議を行いまして、会場の修復のため延期となります！』

壊すのは簡単だが、元の平らな地面に直すには時間がかかる。魔法を使っても、今日明日で完全に直りはしないだろう。

申し訳ない気持ちもあるが、これも試合の結果だ。エンピナ様ほどの人が相手なのだ、むしろこの程度で済んで良かった方だと言える。

『決勝戦は、一週間後に行われます』

こうして決勝戦までの間、僕達は一度村に帰ることにした。

四章

大賢者が
村の住人になる

SAIKYOGIFT DE
RYOCHI KEIEI SLOWLIFE

翌朝。

「いい朝だ……」

ベッドの上で僕は伸びをする。

王都武闘大会でエンピナ様を倒して決勝進出を決めた後、僕達は一度村に帰ってきていた。

隣では、いつもと同じようにマリエルも寝ている。

いつも通りの平和な朝である。

さすがに昨日は激闘続きだったので、筋肉痛が残っている。今日はトレーニングを軽めにしてしっかりと体を休めよう。

いつも通り起きてきたマリエルに髪飾りをつけて、一階に降りる。

ダイニングからは味噌汁のいい香りがしている。

「おはようございます」

テーブルの上には焼き魚にご飯と味噌汁、そして――

「約束通り、村に遊びに来たぞ。我が弟子よ」

食卓のイスには、大賢者エンピナ様が座っていた。

「エンピナ様!? どうしてここに!?」

「どうした？ そんなに驚くようなことではなかろう？」

三〇〇年前に国を救った伝説の大賢者が勝手に家に上がり込んでご飯食べてたら誰だって驚きます。

「この村では変わった食文化が根付いておるな。大豆の煮汁を固めたものを大豆ペーストスープに入れるとは。しかし、なかなかどうしてこれが美味ときた」

エンピナ様は我が物顔でダイニングで朝食をとっている。メイドさんがエンピナ様のために用意したらしい。

「おはようございます主殿。早朝、エンピナ様が訪ねてこられたのでダイニングでお待ちいただいておりました」

いつの間にか僕の後ろにひざまずいているカエデが報告する。

そのとき、外から何か物音が聞こえる。

玄関を開けると、そこには村中のキャト族さん達が集まっていた。

「領主様！　大賢者エンピナ様が領主様の家に遊びに来ているというのは本当ですかニャ!?」

「是非ともお目にかかりたいのニャ！」

キャト族さん達は大興奮の様子だ。

「どうした、朝から騒々しい」

「ほ、本当にエンピナ様がいたニャー！」

エンピナ様が顔を出すと、キャト族さん達が一斉に飛び上がる。

「「大賢者エンピナ様、お会いできて光栄ですニャ！」」

キャト族の皆さんが、一斉にエンピナ様に頭を下げる。

「はて？　愛らしく小さい者達よ。何故汝らは我に頭を下げる？　汝らに施しをした記憶はないが」

「キャト族の歴史に伝えられていますニャ！　魔族と人類の戦争が起きるよりさらに前のことです

ニャ！　魔族の奴隷になっていたボク達キャト族を解放してくださったのが、エンピナ様ですニャ！」

「圧倒的な力でキャト族を虐げていた魔族を蹴散らしてくれたと伝えられていますニャ！」

初めて聞いた話だ。それほど前から大賢者として活躍していたとは、本当にエンピナ様は底がしれない。一体何歳なのだろうか。

「三〇〇年以上前か……ああそういえばそんなこともあったような、なかったような？　そんなに前のことなどもう覚えておらぬよ……それにしてもキャト族とは愛らしいな。こんなにモフモフではないか」

エンピナ様がしゃがんで、キャト族の一人の頭をこねくり回す。キャト族さんが気持ち良さそうに目を細めた。

「ところでエンピナ様、何故この村へ？」

「む。なんだ我が弟子、忘れたか？　武闘大会のとき、汝に魔法技術を教えに村へ行くと言ったではないか」

「そうでしたね。まさか、こんなに早いとは思っていませんでした」

ごく自然に、僕の呼び方が〝我が弟子〟になっている……！

「ニャ!?　領主様、大賢者エンピナ様から直々に魔法を教わるのニャ!?　すごいニャ！　領主様がさらに強くなっちゃうのニャ！」

キャト族の皆さんが手足と尻尾をブンブン振って興奮している。

「何故エンピナ様は、僕に魔法理論をそんなに熱心に教えてくださるのですか？」

「魔法とは、とても奥深いものでな。何百年も研究を重ねている我でさえ、まだまだ真理にはたどり着けていない。山に例えるならば、我はまだ山の裾を登り終えたに過ぎぬ」

エンピナ様が、遥か遠くを見るかのような顔をして言う。

「魔法を学ぶ上で、必要な素質とはなんだと思う？」

「やはり頭の良さ、でしょうか？」

「それも必要だ。だが、それ以上に大事なものがある。それは〝強力な魔法を使えること〟だ。魔法とは、座学で理論を学ぶだけでは身に付かぬ。実際に魔法を発動することで初めて理論が身に付き、真に理論を理解できる。ここまで言えばもうわかるな？」

僕は頷く。

「大賢者と呼ばれる我でも扱えるのは五系統の魔法だけ。一〇〇〇を超える系統の魔法について理論研究をするには、とても足りぬ。だが、【根源魔法】を持つ汝は見た魔法を全てコピーすることができる。しかも、威力を限界まで高めたうえで、だ。多くの種類の魔法を使うほど、汝は魔法理論を理解していく。いずれ魔法の全てを解明し、魔法の真理へとたどり着けるであろう」

魔法の真理への到達。それは、全ての魔法使いの悲願である。

「というわけで、明日から汝に我の研究成果である理論を授けよう。理論を学べば、上位魔法も扱えるようになり基礎威力も向上する。魔族との戦いにも役立つぞ？　……汝であれば、我が届かなかった〝五元素究極魔法〟にも到達できるやもしれぬ」

「五元素究極魔法……!?」

「基本となる五元素魔法の頂。理論上は存在するとされている、究極の魔法だ。一〇〇年以上研究を続けてもいまだに届いていないが、我の魔法理論と汝の【根源魔法】があればたどり着けるはずだ」

今の僕は、まだまだ一人前にほど遠い。ロードベルグ伯爵家を継ぐにふさわしい人間になるために、エンピナ様の教えは役立つはずだ。

「ありがとうございます、よろしくお願いします」

大賢者エンピナ様から魔法を直に教わるなんて、僕はなんと恵まれているのだろう。

「そして、我はこの村が気に入った。ここへ来る前に見て回ったが、異国の庭園は我好みだ。食事も美味である。汝に魔法を教えるにも都合が良い。我が弟子、我はここに住むことに決めたぞ」

「それは光栄です！　よろしくお願いしますね！」

「大変ニャ！　エンピナ様が村の仲間になったニャ！」

「一大事ニャ！　一大事ニャ！」

キャト族の皆さん達が、パニックになって辺りを走り回る。

レインボードラゴン、獣人族、極東大陸のシノビに次いで、伝説の大賢者エンピナ様が村の仲間になった。

様々な人材が集まり、いよいよ村はすごいことになってきた。特化した技能を持つこれだけの人材が力を合わせれば、何だってできそうだ。

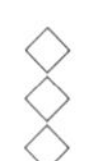

「それでは、講義を始めるぞ我が弟子よ」

その日の昼。僕は早速自宅のリビングでエンピナ様から魔法の教えを受けていた。

僕がソファに腰掛け、用意した黒板にエンピナ様が文字や魔法陣を書いていく。

僕はノートを取ったり手元で魔法を組み上げて理解を深めていく。

「我が弟子のことだ、魔法についての初歩的な理論については理解していると思うが復習がてらゼロから話すとしよう。まず、魔法とは――」

本当に初歩の初歩、伯爵家にいた頃に基礎教養として学んだ内容から講義が始まったのだが――

「エンピナ様、今話した内容で論文を書けば、国中の魔法使いが飛び上がるほど驚くと思うのですが……？」

僕は、伯爵家にいた頃に魔法使いの家庭教師から魔法理論の基礎について学んだ。伯爵家は剣術の名家だが、基礎教養として教わっていたのだ。

そのとき、『この問題については、国中の魔法使いが頭を悩ませているがいまだに解明されていない。きっとあと数十年魔法研究が進んだ頃に解明されるだろう』と言われていた問題がある。

しかし、エンピナ様は今さらっとその問題の解決方法について説明した。

「なぬ？　俗世の魔法使いどもはこんなものも解けぬほど遅れているのか？　しょうがないことだ」

エンピナ様はため息をつく。

「エンピナ様、この内容で論文を書いて発表しないのですか？」

「せぬよ、そんな面倒なこと。……昔は我も、多くの人間で研究した方が効率がいいのではないかと考え、多くの人に魔法を教えていた。しかし、上級魔法さえ満足に発動できない者達に理論を教えても、実践ができないから理解ができない。以降、余程素質のある者にしか魔法を教えぬと決めたのだ」

「そうだったんですね」

こんな素晴らしい研究成果があるのにそれを公表しないのは勿体ない気もするが、そういった事情であれば仕方ない。

その後も、エンピナ様の講義は続いた。

「では次。少し難易度を上げるぞ。この理論について理解してみよ」

エンピナ様が、一冊のノートを手渡してくる。

「我が残した研究記録だ。そうだな、汝であれば二、三時間もあれば理解できよう。我は少し休む」

そう言ってエンピナ様は、ソファに座る僕の膝を枕に寝てしまった。

「距離が、近い……！」

数百年生きているエンピナ様にとって、一五歳の僕など幼子同然なのだろう。だが、それにしてもめちゃくちゃ距離感が近いな。

そして眠っているエンピナ様は本当にただの一二、三歳の少女にしか見えない。

「メルキス。ちょっといい？」

後ろから、マリエルが声をかけてくる。真後ろにいるので顔が見えないが、どこか怒っているというか拗ねているような声だ。

〝むぎゅっ〟

マリエルの手が、後ろから僕の頬を掴む。

「私は、王族でありメルキスの婚約者です。メルキスが私を差し置いて他の女の子と長い時間くっついていると、私の婚約者としての面子が潰れてしまいます。ここまではいいですか？」

何故か敬語だしやっぱり怒っているような気がする。

「いつも一緒に寝ているマリエルの方がくっついている時間は長いんじゃないのか？」

「寝ている時間はノーカン！」

そうなのか。

「だけど、国の伝説的英雄であるエンピナ様を無理矢理引き剥がすわけにはいきません。流石に王族の私でも、それはちょっと畏れ多いです」

マリエルは僕の頬をこねくり回す。

「なので、ここここ、こういう解決方法をとろうと思います。い、いいよね⁉」

マリエルが、ソファに座る僕を後ろから抱きしめる。

「これならエンピナ様を引き剥がさなくても私の婚約者としての面子が保たれる！　かかか完璧な作戦です！」

僕の顔のすぐ横にマリエルの顔が来るし、肩の辺りに豊かな胸が押し付けられる。気のせいか、甘い香りがする。

これは、集中できない……！

が、確かにマリエルの面子も潰すわけにはいかない。王族が、婚約者を他の女に取られたなどという噂がたったら大スキャンダルである。

「……わかった。ところで、いつまでくっつくんだ？」

「もちろん、メルキスが本読んでる間ずっとです！」

僕は観念した。雑念を振り払い、目の前の本に集中する。

マリエルは頬を僕の頬にすり寄せてくる。面子を保つためにそこまでする必要はないと思うのだが……？

そうして非常に誘惑が多い中、何とか僕は渡されたノートを読み切ったのだった。

――エンピナ様から渡されたノートを読み終えた頃には、夕方になっていた。マリエルも離れていく。

「もっとゆっくり読んでも良かったのに……」

と唇をとがらせていたが理由は不明だ。

僕は膝の上で寝ているエンピナ様を起こす。

「ノート、読み終わりました。エンピナ様、今日はありがとうございました。これからもよろしくお願いします」

「え、我が弟子よ、まさか今日はもう我の講義を聞く時間は終わりなのか？　まだまだ話さなければならないことはたくさんあるのだぞ？　深夜までみっちりと我は魔法を教えるつもりだ」

そういえば、講義が何時間あるという話は一度もしていなかった。まさか、まだあるとは。

「すみません、今日はもう終わりにさせてください。腕がなまらないように毎日最低一時間は剣術の修行をしているんです。あと、今日は休みでしたが明日からは領主としての仕事もあります」

「そんな……！　汝には、三六五日起きている間は飯と風呂以外の時間はずっと我の講義を聞いてもらうつもりでいたのに……」

いつの間にか、超過酷なスケジュールが組まれていた。

「ヤダヤダ、我の講義をずっと聞いてくれよ我が弟子～！」

エンピナ様が子供のように駄々をこねる。こうしていると、本当に子供みたいだ。などと少し失礼な考えが頭をよぎる。

「わかりました、明日からは他の時間もギリギリまで切り詰めてエンピナ様との時間に充てるようにしますから。今日は剣術の修行をさせてください」

「今日ももっと我の講義を聞いてくれよ我が弟子ぃ～」

訓練場に向かう僕の服の裾を、エンピナ様が引っ張って引き留めようとする。

子供よりも駄々が酷くはないか……？

エンピナ様を引きずったまま僕は訓練場に着く。このまま剣の修行をするわけにもいかないので、どうにかしてエンピナ様の興味を逸らさなくてはいけない。

「ほら、見てくださいエンピナ様。僕がかけた【刻印魔法】によって、うちの村の冒険者さん達はあんなに高威力の魔法を扱えるんですよ」

僕は、魔法を使って戦う冒険者さん達が訓練している方を指し示す。

「〝ファイアーボール〟発動！」

一人の冒険者さんが放った魔法によって、家一軒ほどもある巨大な岩が爆発して吹き飛ぶ。そしてまた別の冒険者さんが土属性魔法〝ロックエッジ〟によって的代わりの新しい岩を生み出している。

反対側では、別の冒険者さんが氷属性魔法〝アイスニードル〟で岩を粉砕していた。

「ほう。これは驚いた。我が弟子ほどではないが、下級魔法で上級魔法並みの威力を発揮するとは。これは期待できるではないか。あれほどの魔力量があれば、理論さえ教え込めば上級魔法も発動できるようになるだろう」

エンピナ様は嬉しそうだった。

「しかし、これだけの数の人間相手に教えるとなると大変だな……よし、本を書いてやろう」

「本ですか」

「そうだ。我の研究成果を集めた本を読めば、上級魔法も扱えるようになるはずだ。そうすれば、村の戦力も上がる。そして、我はその魔法を使う様子を観察して、自分の研究をさらに進めることができる。我はたったの五系統しか魔法を使えぬからな。他の系統の上級魔法を観察できる機会は貴重だ」

領主としても、村の戦力が上がるというのは魅力的だ。

「それはありがたいです！　ぜひお願いします」

「任せろ。だが忘れるな、我が一番頼りにしているのは汝だ。汝でなければ、魔法の真理へはたどり着けぬのだ……では、我はこれより早速本の執筆にとりかかる」

そう言って、エンピナ様はうきうきした足取りで去っていった。

そして、翌日――

「我が弟子、一冊目の本が完成したぞ！」

いつものように剣術の修行をしているところへ、ウキウキした様子の大賢者エンピナ様がやってきた。

「早すぎではないですか⁉」

「頭の中で完成している理論をただ紙に書き写すだけだからな。この程度すぐできて当然だ。さぁ我が弟子よ、読むがいい」

僕はさっそく本の中身を確認する。

「……流石エンピナ様、すごい内容です」

「であろう？」

エンピナ様は得意げに胸を張る。

内容は魔法の基礎理論なのだが、世間よりも一〇年以上研究が進んでいる。読めば魔法への理解が深まり、威力が上がる。

「勿論、これだけではない。基礎理論だけで数千冊。各系統の専門書を書けばその十倍の本になるであろう」

「魔法って奥深いですね……そしてこの本ですが、村のみんなで読めるように、図書館に置きましょう」

「そうするがよい」

そのとき、僕は閃いた。

「そうだエンピナ様、村の図書館の館長を務めてはいただけませんか？」

「館長だと？」

「はい。本を管理したり、本を探しに来た人に合う本を紹介したり。エンピナ様の書いた本について一番詳しいのは当然エンピナ様です。この仕事は、エンピナ様にしか務まりません」

「……よかろう。どのみち、村に住むからには何らかの仕事はするつもりであった。面倒だが引き受けよう。ただし、建物は改築してもらうぞ？」

こうして村の図書館大改築が始まった。

◇◇◇

——三日後。

村の図書館は、見違えるほど立派になった。

元の図書館は、民家よりやや大きい程度のこぢんまりした図書館だったのだが、移転して建屋が大きくなった。領主邸宅が丸ごと二つはすっぽり入る大きさだ。

明らかに村の規模に対して過剰な大きさなのだが、エンピナ様が館長を務める図書館であるからにはこれくらいの大きさは必要だ。

ちなみにこの土地を確保するために、僕は村の周囲の防壁を移動させて、村の面積を増やしている。

中に入ると、床には足音が立たないように厚い絨毯が敷き詰められている。読書する人の集中を乱さないための工夫だ。

日光は本を傷めるため、窓はない。代わりに、魔法で発光するクリスタルがあちらこちらに浮かんでおり、常に昼間と同じ明るさになっている。

本のタイトルを眺めると、魔法以外にも生活や料理に関わる本など、様々な本が並んでいる。図書館で働くことになった数名のキャト族を含む村人さん達が、せわしなく本を運んでいる。

本棚は二段や三段になっていて、天井に届くほど高くまで本が並んでいる。

「あんなに高くまで本を入れると、高いところにある本は取れないのではないのでしょうか？」

「安心せよ」

見ていると、棚が静かに左右上下に動いていく。天井近くにあった棚が、あっという間に手が届くところに降りてきた。図書館で働いている一人のキャト族さんが、降りてきた棚に本を収める。スペースを無駄にしない便利な仕組みだ。

螺旋階段を登った先の二階スペースには読書用の机と椅子が設けられていた。隅の机では、妙な光景が広がっていた。

羽ペンを括り付けられたクリスタルが小刻みに動いて、紙に何かを書いているのだ。それも一つではない。数十のクリスタルが同じことをしてすごい勢いで文字を書いている。

「エンピナ様。あれは何でしょうか？」

「あれは我の魔法理論の本を書いているのだ。あのクリスタルからは魔法は発動できぬが、自由に動かすことはできる」

「なるほど。ああやって本を書いているから執筆速度が速いのですね」

「そうだ。そしてあれが我が拠点にする館長室。そしてその隣が、汝と我専用の講義専用部屋だ」

エンピナ様が扉を開けると、壁一面が巨大な黒板になっている。本を保管するスペースではないので、窓が大きく開いていて開放的な雰囲気だ。そして、部屋の中央にはソファと机が置かれている。

「本当は我と汝だけで粛々（しゅくしゅく）と魔法の講義を行いたいところなのだが……。汝の婚約者が長時間我と汝の二人きりになるなとうるさいので、あの女用のソファと机も用意してある」

とても手厚い講義のための体制だ。

「そしてこの図書館が普通の図書館と違うのは、魔法を試し打ちするための防音スペースがあることだ。ついてくるがいい」

一階に降りて別館に行くと、分厚い金属製の扉があった。開けると、中では村の冒険者さん達がさっそく、本を読んで学んだことを実践で試している。

「基礎理論をちょっと勉強しただけで、ドンドン魔法の威力が上がる……。まさかまだ俺にこんな伸びしろがあったとはな……」

「俺なんて上級魔法を覚えたぞ！」

「俺は二系統目の魔法が使えるようになったぜェ」

皆さん【刻印魔法】によって魔力も上がっているので、理論さえ学べば上級魔法でさえ楽々発動ができるようになる。そして、実践することでさらに理論の理解を深めていく。

「そして、ここが我が最も苦労したポイントだ」

エンピナ様は、図書館入り口すぐ横に置かれた大きな机を指さす。机の上には、ミニチュアの建物と本棚がある。覗き込むと、なんと本までしっかりと作られている。

「これは……外壁がないですけれどもこの図書館のミニチュア模型ですね。よくできていますね」

「単なるミニチュア模型ではない。手をかざして、魔力を込めてみよ」

ミニチュア模型の手前には、透明な魔石が設置されている。魔力を蓄積したり放出したりする不思議な性質を持つ石だ。

僕は、言われた通りに魔石に魔力を込めてみる。すると――

『ようこそエンピナ大魔法図書館へ。どのような本をお探しでしょうか？』

小さな光る人型の妖精が出てくる。背中には、青白く光る羽が生えていた。

「魔力を込めると自動的に下級氷属性魔法〝サモン・スノーフェアリー〟が発動する仕組みだ。小さな疑似生命体を呼び出す魔法でな。攻撃魔法としては使い物にならないくらい威力が弱いが、様々なことに使える便利な魔法だ」

エンピナ様が得意げに教えてくれた。魔法を見たことで僕も魔法のコピーが完了した。

「では、火属性魔法に関する本を借りてみたいです」

僕は小さな妖精に向かって話しかける。

すると、ミニチュアの本棚から何冊かの本が飛び出してきた。表紙を見ると、どれも火属性魔法に関する本だった。

中を開くと、小さな文字で本の説明が書いてある。

「では、この本を借りたいです」

『では、こちらへついてきてください』

宙を飛ぶ氷の妖精についていくと、さっき探そうとした炎魔法に関する専門書にたどり着くことができた。

「上位魔法と、下位魔法を改造して複数連結させることで作り出した図書検索システムだ。この検索システムを用意しておけば、『あの本はどこですか』と聞かれる我の負担が大分減るからな。……が、このシステムを構築するのにさすがに疲れた」

エンピナ様が、僕にぐったりともたれかかってきた。

「我はもう動けぬ。我が弟子、家まで我を運んでくれ～」

「もう、今回だけですよ」

この図書館によって、村の魔法の水準は大きく上がった。恐らく他の地上のどこよりも、魔法の研究が進んでいるだろう。

僕も本を読んだりエンピナ様から魔法を教わったりして腕を上げている。

王都武闘大会決勝まで、あと数日。できるだけのことはしておきたい。

図書館が完成して数日経った日のこと。

エンピナ様は村に来て、特に問題なく馴染めていた。

村の皆さんはエンピナ様に敬意を払っている。特に、昔先祖が助けられたというキャト族さん達はエンピナ様をとても尊敬しているようだ。

だが皆さんそれでいて距離をとったりあがめすぎたりすることはない。

エンピナ様も傍若無人でマイペースな人であるが、理不尽なわがままを言う人ではない。関係性は良好なようだ。

しかしここで、意外な問題が浮上した。

「我が弟子、村の道が狭すぎる。村を再開発して道をもっと広くせよ」

前言撤回。

エンピナ様は割と理不尽なわがままを言うこともある。

「エンピナ様、この村の道はかなり広く作ってありますよ？　今の人口に対して過剰なくらいです。そんなの困ることはないはずですが……」

外に出ると、理由がわかった。

「こんなに大きなドラゴンの頭蓋骨に乗っていたら、村の道を狭く感じるのも当然でしょうね」

エンピナ様が乗り物にしているドラゴンの頭蓋骨。

横の長さは、一般的な馬車の軽く二倍はある。とても村の道を曲がれる大きさではない。

ナスターシャもドラゴン形態のまま村の中をよく歩いているが、大通りだけだ。枝分かれしている道を歩くときは人間形態になっている。

「エンピナ様、村の中でこのドラゴンの頭蓋骨に乗るのはちょっと……」

「嫌だ。我はこれを気に入っているのだ。見よ、この威厳ある姿を。素材そのままだが、最強の生物であるドラゴンの力強さと美しさがこの頭蓋骨には息づいている。この素晴らしさが理解できるか？我が弟子」

「素晴らしいのはわかりますが、村の中で乗るのはおやめください。代わりに、エンピナ様が納得できる乗り物を探しましょう」

「我が弟子にそう言われてしまっては、仕方ないな……」

「エンピナ様、乗り物を選ぶ上で大事なポイントは何ですか？」

「当然、見た目だ。ある程度なんでもドラゴンの頭蓋骨と同じように浮遊させることはできる。見た目さえ好みであればなんでもよい」

というわけで、僕は村の仲間も集めていろいろとエンピナ様に気に入ってもらえる乗り物を探すことにした。

「まずはこちらはいかがでしょうか？」

僕が合図すると、タイムロットさんが馬車を引いてくる。

「貴族向けの装飾が施された四輪馬車です。馬もいないのに浮遊して独りでに動く馬車。なかなか雰囲気があって良いのではないでしょうか？　屋根があるので雨の日でも快適です」

「機能性は悪くないが……普通すぎて面白みに欠けるな」

エンピナ様の反応はイマイチである。

「では、次は我々の番ですね」

と、カエデが現れる。自信満々の様子だ。

「さぁ、ご覧ください。我々の用意した乗り物を！」

シノビの皆さんが、何か大きな物体を運んでくる。あれは――

「巨大な人間の頭蓋骨!?」

形は人間の頭蓋骨なのだが、大きさが通常の人間とは比べものにならない。仮に人間のものだとしたら、身長数十メートルほどの大きさになるだろう。

「カエデ、これは一体何なんだ？」

「こちら、極東大陸に棲む〝がしゃドクロ〟という妖怪――こちらの大陸ではモンスターと呼ばれる存在の頭蓋骨です。巨大な人間の骸骨のような姿で、夜になると現れて街を襲っていたそうです。昔里のシノビがサムライやオンミョウジと呼ばれる、こちらの大陸で言う騎士や魔法使いのような戦職と協力してなんとか討伐に成功したんだとか」

「なんでそんなものがここに？」

「悪趣味な先代シノビの里の頭領がこのドクロを大層気に入って、がしゃドクロを討ち取った記念品として里に置いており、この大陸にも一緒に持ってきたそうです。まぁ、先代頭領以外のシノビにはかなり不評でしたが。船でこの大陸に運ぶのも相当大変だったそうです」

　後ろのシノビさん達も何度も頷いている。

「ちなみに、オンミョウジの頭目は別の個体のがしゃドクロを金色に塗ってエンピナ様と同じように乗り物にしていました。目に当たるところでたいまつを焚いていて、夜の街を走る姿はもうそれは恐ろしくて妖怪も盗賊も見ただけで逃げ出したとか」

「極東大陸の魔法使い、むちゃくちゃするな……。エンピナ様、ドラゴンの頭蓋骨よりはコンパクトですし、これに乗るのはどうでしょうか？」

「趣味が悪い。それに、そんなモノに乗っては我がまるで極東大陸のオンミョウジとやらのまねごとをしていると思われるではないか。却下だ」

「そこをなんとか。我々シノビも、こんな大きなもの邪魔なのでさっさと処分したいのです。乗り物として貰っていただけませんか？」

「粗大ゴミを我に押しつけようとするでない」

　シノビさん達がしょんぼりしながら巨大頭蓋骨を持ち帰っていく。

　次にやってきたのはキャト族さんだ。

「こちらをどうぞですニャ！　とても快適な乗り物になること間違いなしですニャ！」

　キャト族さん達が持ってきたのは、ちょっと大きめの木箱だった。

「これは……単なる箱か？　これがなんだというのだ？」

「この箱、体がすっぽり入ってとても居心地がいいのですニャ！」

キャト族さんの一人が、箱の中で座る。顎を箱の縁に乗せる姿勢になっている。

「体にぴったりでとっても快適なのニャ！」

なるほど確かに、キャト族さん達にとっては居心地の良い箱のようだ。

「さぁ、エンピナ様も入ってみるのニャ！」

箱から出てキャト族さんが勧める。

「体の柔らかい汝らにとってはちょうど良いのかもしれぬが、我は入らぬ。きつい」

エンピナ様が箱の中に腰を下ろそうとするが、うまくいかないようだ。

「エンピナ様、もっと足をたたんで腰を曲げるのニャ」

「こ、こうか……？」

そのとき。

〝グキッ〟

腰から不吉な音がして、エンピナ様が倒れ込む。

「腰が、腰が痛い。立てぬ……！　我が弟子、なんとかしてくれ！」

「今治します！　聖属性魔法〝ホーリー〟！」

慌てて僕は魔法でエンピナ様の腰を治療する。

「ふぅ、驚いた。助かったぞ、我が弟子」

こうして、キャト族提案の箱案は却下された。

「で、では次はワタシが……」

今度はドラゴン形態のナスターシャが何か背中に乗せて持ってきたのだが……。

「素晴らしいぞ竜の娘！」

エンピナ様が、目を輝かせて食いついた。

「竜の娘、汝ほどの高位種ドラゴンの頭蓋骨に我は乗ってみたい。是非その頭蓋骨を我にくれ」

エンピナ様が風魔法で飛び上がってナスターシャの頭に乗って撫で回す。

「ひぃぃぃぃ！　あ、あげません！」

ナスターシャが人間形態に戻って僕の方に逃げてくる。

「メルキス様、助けてくださぃぃ～」

僕の背中を掴むナスターシャの手は震えていた。

「エンピナ様、次はこちらをお試しくださいニャ！」

ナスターシャの頭蓋骨に拘るエンピナ様を、僕はしばらく説得するのであった。

乗り物を持ってくる村の皆さんのテンションはどんどん高くなっていく。

「絨毯ですニャ！　使わないときに丸めてしまっておけるのでとても便利ですニャ！」

「それも異大陸の魔法使いの真似ごとに思われそうなので却下だ」

「では僕から。ソファはどうでしょう？　乗り心地はとても良いはずですよ」

「それも却下だ。そんなものに乗って移動していては、我がだらしない者であると思われてしまうではないか」

そこにいた村人全員が、

『えっ、しょっちゅう領主様に歩き疲れたからおんぶしてとおねだりするエンピナ様はもうすでにだらしないと思われていますけど？』

と考えたはずだが、口にするとエンピナ様が拗ねるので誰も口に出さない。

「私達からこちら〝シャチホコ〟を提案します。いかがでしょうか」

シノビさん達が今度は金色の巨大な魚の像を運んできた。口には牙が生えている。

「極東大陸の城などによくお守りとして取り付けられている、頭が虎になっている魚の像です」

――などなど。

エンピナ様の乗り物探し大会は大いに盛り上がった。

そして。

「なるほど、これは良いな。普段使っているドラゴンの頭蓋骨と見た目が近い。大きさも手頃で良いだろう。これなら、村の道でも問題なく使えそうだ」

エンピナ様が選んだのは、最近村を襲ってきたワイバーンの頭蓋骨だ。

使い道がなくて村の片隅に放置されていたのだが、思わぬところで日の目を見た。

ちなみに、持ってきたのはナスターシャである。

「エンピナ様に気に入っていただけて良かったですぅ～。これで、ワタシの頭蓋骨が狙われることはもうないのですね」

「それとこれとはまた別だ。我は諦めたわけではないぞ」

「そ、そんなぁ〜」

ナスターシャのためにも、エンピナ様がドラゴンの頭蓋骨以上に気に入るような乗り物を探そうと僕は決めた。

あるいは、もし今後金属加工が得意な村の仲間が増えることがあれば、その仲間に作ってもらうのも良いかもしれない。

そしてあっという間に時は過ぎ、いよいよカストルと戦う、王都武闘大会の決勝の前日となった。

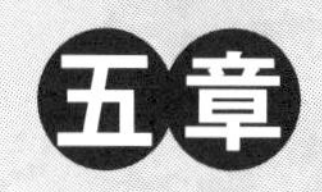

王都武闘大会
決勝戦

SAIKYOGIFT DE
RYOCHI KEIEI SLOWLIFE

王都武闘大会決勝前夜。王都の街を、メルキスの父ザッハークとカストルが並んで歩いている。

「腹が減りましたね、父上」

「そうだな。どこかで飯にするとしよう」

以前は王都の中心部近くにロードベルグ伯爵家の邸宅はあったのだが、メルキスの村へと嫌がらせをしているうちに資金不足になって屋敷を売却、王都の外れへと引っ越した。

二人とも、明日の王都武闘大会決勝に備えて王都中心部に前日入りしているのである。

「ちょうどいい。行きつけの店が近くにある。そこへ行こう。庶民の店で混みあっているがあそこのパスタはうまい」

二人は、混みあっている店に入った。テーブルについて料理を注文する。

「明日は必ず勝てよ、カストル」

「わかっています、父上。あの男の手配してくれている策もありますし、負けませんよ」

ザッハークとカストルはニヤリと笑う。公共の場では口に出せないような、魔族の男が用意した作戦を頼りにしているのだ。

「お客様、ただ今店内大変混みあっておりますのでこちら相席にしていただいてよろしいでしょうか？」

と、店員が二人に話しかけてくる。

「うーむ。仕方あるまい」

ザッハークは渋い顔を作りながらも承諾する。

貴族とはいえ、今は庶民と同じだけしか金を払っていない身分。文句は言えない。まして明日は大事な王都武闘大会の決勝だ。無用なトラブルは避けなければいけない。

そう考えたザッハークは『庶民と同じテーブルで飯を食えというのか！』と怒鳴りたい気分を抑えて相席を受け入れた。

そして——

「お久しぶりです父上！」

なんと同じテーブルにやってきたのはメルキスだった。

「何ィ、メルキスだと⁉」

「相席相手はよりによって兄貴かよ！」

ザッハークとカストルの顔は真っ青になる。

魔族の罠があれば明日の武闘大会で勝てると思っている。しかし、真っ向勝負では今のメルキスに手も足も出ないことを理解しているのだ。

二人の脳内で、伝説の大賢者エンピナとメルキスの壮絶な戦いの光景がよみがえる。

しかも、

「失礼します」

メルキスの隣に座った黒髪の女。ザッハークはこの女に見覚えがあった。

（あの女は、俺が以前メルキスの村に差し向けた極東大陸の暗殺者、シノビではないか……！　まさか、俺を殺しに来たのか！）

「こんなところで死んでたまるか！」

ザッハークが反射的に席を立って逃げようと走り出す。その進路上に一人の女性が立っていた。背が高い、虹色の髪の女だ。通路の真ん中に突っ立ってザッハークに背中を向けている。

「ど、どけぇ！」

ザッハークは女を突き飛ばそうとする。その瞬間。

（これは、岩山……!?）

ザッハークは、雲を衝いてそびえたつ巨大な岩山の幻覚を見ていた。

女を突き飛ばそうとした手から伝わる、あまりに重く固い感触がザッハークに幻覚を見せていたのだ。

突き飛ばそうとしたはずが、逆にザッハークの方が倒れていた。しかも、女の方は突き飛ばされそうになったことにさえ気付いていない。

女性が振り返る。ザッハークは、その顔に見覚えがあった。

（こ、こいつは予選でハンマーを振り回して他の参加者を全員戦意喪失させたあの怪力女ではないか！）

この店に入る前に用をたしてきていたのが幸いだった。もしザッハークの膀胱が空でなければ間違いなく失禁していた。

「あ、いました。メルキス様ぁ～！」

店の中ではぐれたメルキスを見つけたナスターシャは、テーブルの方へ駆け寄っていく。

(メルキスのやつめ。俺が逃げようとするのを見越してあらかじめ仲間を配置していたというのか)

ザッハークは唇を噛む。

(恐らく、この混雑している店内にはすでに何人もメルキスの仲間が潜んでいる。逃げ出すのは不可能か……！)

全くそんなことはないのだが、ザッハークは勝手にいもしない敵を店内に見出していた。

足の震えを抑えつつ、ザッハークはテーブルに戻る。逃げようとするよりこっちの方が生存率が高いと考えたためだ。

「さて、何の用だメルキス」

「用はありません。たまたま昔父上に連れてきてもらった美味しいレストランに仲間を連れてきたら、父上と出くわしただけです」

(ふん、白々しい)

テーブルのメルキスの側には、ナスターシャとカエデ、そしていつの間にか第四王女のマリエルが座っている。

「これはこれはマリエル王女様。お久しぶりでございます」

命の危機を感じながらも、王族に対する礼節を欠かすことのできないザッハークであった。

「カストル、明日は遂に全力のお前と戦えるな。僕は村で修行して腕を上げたぞ。カストルも、どれだけ強くなったのか見せてくれ」

「お、おう。俺も楽しみにしているぜ。兄貴を正々堂々ぶっ倒せるのをな」

強がってはいたが、カストルの声は震えていた。カストルは、武闘大会予選で怪力を披露し、危うく戦うことになりかけたナスターシャに恐怖していた。生きた心地がしていなかった。宿敵であるメルキスに話しかけられても、適当な返事をするのが精一杯だった。

ザッハークとカストルは、料理が届くと素早く胃に入れて店から出ていった。緊張と恐怖で食事の味を感じる余裕などはとてもなかった。

「「い、生きて出られて良かった～！」」

二人は店から出た途端安心して腰を抜かし、通行人に奇異な目で見られたのであった。

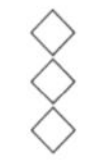

いよいよ王都武闘大会の決勝が行われる日。その早朝。

ある山道を、土煙を立てて移動している一団がいる。

〝ドドドドドド……〟

一〇〇人近い人が、山道を走っているのだ。

馬より速いスピードで走っていく。途中ショートカットのために道を外れて森の中を突っ切ったりもしている。

道を塞ぐ木々をへし折り、岩を破壊し、谷を飛び越えながら移動していく。彼らが通った後には、ちょっとした新しい道ができている。

人の種類もバラバラで、老若男女様々な人間が入り交じっている。親に肩車されている子供もいる。それどころか、キャット族も混じって一緒に走っている。

メルキスの村の住人達が、王都を目指して走っているところだ。

馬車でも丸一日以上かかる道のりだが、彼らはショートカットしながら走れば半日足らずで王都に着ける。

再び道に戻って王都に向かって走る彼らの前に、複数の人影が立ちふさがる。

「お？　なんだ、アレは？」

最初に気付いたのは、先頭を走っていたタイムロットだ。

「みんな、気を付けろ！　なんか武器みてぇなもんを持ってるぜぇ！　全員戦闘態勢に入れ！　戦えないやつは後ろに下がれ！」

タイムロットの指示で、シノビと冒険者達が武器を構える。今日はシノビの頭領であるカエデが不在なので、タイムロットがシノビ達もとりまとめているのだ。

「こ、ここを通りたければ食い物全部置いていけぇ！」

「金もだ！　置いてけば命だけは見逃してやるぞ！」

道を塞いでいる人間が棒状のなにかを振り上げて威嚇する。

「押し通るぞ！　野郎ども！　気合い入れろ！」

「「「おう！」」」

タイムロットが率いる一団と道を塞いでいる人々が激突。勝負は一瞬でついた。

『「ま、参りました。どうかお許しください！」』

道を塞いでいた人々は、一瞬で倒され地面に這いつくばっていた。

「おいおい、おまえらいくらなんでも弱すぎるだろ……。それにこれ、おまえ達が持ってたのって武器じゃなくて農具じゃねぇか」

「その通りです。俺達は大半が冒険者ですらないただの村人。畑仕事しかしたことない人間なんです」

「それが何で、山賊みてぇなまねしてるんだ？」

「説明します。どうぞこちらへ来てください」

粗末な格好の痩せた男が、タイムロット達を村に案内する。

「これは、ひでぇ有様だな」

案内された村は荒れ果てていた。

モンスターの襲撃に遭ったであろう家は、壊れたままになっている。畑の作物は枯れたり食い荒らされたりしていて見るも無残な状態だ。

お腹をすかせて泣いている子供を、必死に母親があやしている。

「見ての通り、村は荒れ果てて今日食べるものさえ確保できない有様で。もう家族に飯を食わせるためになら何でもしてやる、と山賊のまねごとをしてあなた達に襲いかかってみましたが手も足も出なかった、という次第です」

「なるほどな」

「隣の村とは親交があり、食べるものを分けてくれと頼みに行けば応じてくれるでしょうが最近落石で唯一の道が塞がれてしまって……」

そこで男はふと気付く。

「そういえば、あなたがたはどこから来たのです？　この村に続く道は落石で塞がれていたはずですが」

「ああ、そういえばなんか塞がってたな」

「その岩だったら、さっき通るときに邪魔だったから、俺が砕いて脇にどかしといたっス」

「砕いてどかした⁉　そんな馬鹿な！　あの大きな岩をそんな簡単にどかせるわけが――」

「その人達の言ってることは本当だ！」

そこへ何人かの男が駆け寄ってくる。

「今見に行ったら、岩が粉々になって道の脇にどけられてた！　この人達の言ってることは本当なんだ！」

「なんだって⁉　皆様、本当になんてお礼を申し上げて良いか……！」

荒れた村の住人達が、深々と頭を下げる。

「しかし、そればかりではないのです。この村の近くに、凶暴なイノシシモンスターが棲み着いて畑を荒らしていて――」

そのとき。

〝ブモー！〟

鳴き声とともに、巨大なイノシシモンスターが姿を現す。体の高さは優に三メートルを超えている。

〝ブモーーーー！！〟

鼻から息を吹き出して、巨大イノシシは荒れた村の住人達に突進して――

「うるせえな！　今しゃべってるところなんだ邪魔すんな！」

タイムロットに斧で両断された。

「……え？　え？　ええ!?」

荒れた村の住人が、両断されたイノシシモンスターの右半分と左半分を見比べながら混乱していた。

「で、なんだって？　話の続きを聞かせてくれよ」

「駄目じゃないっスかタイムロットさん。今このイノシシの話をしようとしてたところだったんスよ」

「なんだって？　また俺やっちまったか？」

言い合うタイムロットと仲間の若い冒険者を、荒れた村の住人達は呆然と見ていた。

「と、とりあえず村を荒らしていたイノシシモンスターを倒していただきありがとうございます！本当に助かります！　しかしながら……」

会話の途中で、シノビ達が音もなく現れる。

「村の近くに山賊が住み着き、少ない無事な農作物まで夜な夜な持っていってしまう、でしょう？」

「はい、その通りです。どうしてそれを？」

「そして捕まえた山賊がこちらになります」

「『チクショウ！　捕まっちまった！』」

「『仕事が早すぎる！！』」

荒れた村の住人達は腰を抜かしていた。

「畑を見て回っていたところ、不審な足跡があったのでたどってみたら賊のアジトを見つけたので捕まえてみた次第です」

「ボク達も嗅覚を使って探すのを手伝ったのニャ！」

キャト族達も後ろで胸を張っている。

タイムロットが辺りを見渡す。

デコボコの道。崩れかけの井戸。村の周りを簡素な木の柵が覆っているが、モンスター相手には気休めにしかならない。

「懐かしいな。昔は俺達の村もこんな感じだったな。領主様が、壁を建てたり畑を作ったりして村を良くしてくれたんだ」

タイムロットが柵の前に立つ。

「下級鋼鉄魔法〝アイアンウォール〟発動」

タイムロットの前に、人の背丈よりも大きい鉄の壁が出現した。

「いやー、領主様ならこれとは比べものにならないくらい頑丈で大きな壁を作れるんだけどな。俺はこれで精一杯だぜ。わりいけど、これで我慢してくれや」

「いえ、十分立派というか、十分すぎるほどなのですが……」

信じられないものを見ているという顔をしている。

「じゃ、時間もあんまりねぇしちゃっちゃとやっちまうか」

タイムロットが額から汗を流しながら鉄の壁を量産していく。

「これほどの魔法の腕前とは、本当にお見事です。さぞ魔法使いとしても有名な方なのでしょう」

「いや全然？　この魔法も、数日前に村の図書館で本を読んで覚えただけだぜ？」

「数日前!?　いやそれよりも、村に図書館があるというのが信じられません。一般国民が使える図書館は、王都にしかないと思っていたのに……」

などと話しているうちにも、タイムロットは村をぐるっと鉄の壁で囲い終わった。

「み、みんな見てくれ！」

荒れた村の住人の一人が、パニックになりながら村の真ん中に走ってきた。

「俺達の、俺達の畑が……！」

見に行くと、枯れていたはずの作物が復活して畑は一面緑になっていた。成熟した野菜が収穫の時を待っている。

「どうして……？」

荒れた村の住人達は首をかしげている。

「ボク達が、覚えたての植物魔法を使って畑を復活させたのニャ……！」

「領主様と違って、枯れた植物を復活させることしかできなかったのニャ」

「疲れたニャ……！　もう今日は魔法を使えないのニャ」

畑の真ん中では、キャト族達がぐったりと倒れていた。魔法の使いすぎで体力がなくなったのである。

荒れた村の住人達は、歓喜で涙ぐんでいた。

「ありがとうございます！　なんとお礼を申し上げて良いか！」

何度も何度も頭を下げる。

「じゃあ、俺達はそろそろ行くが……その前に。さっき倒したイノシシモンスターの肉だけじゃ、すぐに食べ尽くしちまうよな。〝アレ〟を置いてくか。いいよな、みんな?」

タイムロットが見渡すと、メルキスの村の住人達が頷く。そして何人かの男達が、背負っていた大きなリュックから何かを取り出す。

「それは……鶏の燻製肉ですか!?」

「おうよ。作りすぎちまったから、王都で売ってくるように領主様に言われてたてな」

「それを、私達に?」

「ああ、腹の足しにしてくれや」

タイムロット達が燻製肉を差し出すと、荒れた村の住人達は両手で恭しく受け取る。

「本当に良いのですか？　領主様の命令を無視していますよ？　後で領主様に怒られるのではありませんか?」

「ワッハッハ！　そんな心配はいらないぜぇ！」

タイムロットは上を向いて大笑いする。

「領主様は大変お優しい方だ。困ってる人にあげたんなら、よくやったと言ってくださるぜ」

「ええ、領主様なら間違いなくそう言ってくださるでしょう」

「むしろこの村を見捨てていったら後で怒られるくらいだニャ！」

「そうですか。ありがとうございます。肉が食べられるのは本当に久しぶりです。皆様の村の領主様にも、どうかお礼をお伝えください」

揃って頭を下げる荒れた村の住人達に見送られながら、タイムロット達は再び王都に向かって走り出したのだった。

『長らくお待たせしました！　舞台損傷により延期となっていましたが、いよいよ王都武闘大会、決勝が始まります！』

闘技場内の盛り上がりは最高潮だった。

僕は闘技場の入場口のすぐ外で、会場の熱気を感じている。

前代未聞の、兄弟対決。

伝説の大賢者エンピナ様が敗北したという噂も広まり、王都以外からもたくさんの観客が押し寄せているらしい。客席はとうに定員を超え、通路まで人がぎっちり詰まっている有様だ。

「カストル。父上。辺境のあの村で、僕がどれだけ強くなったかお見せします」

僕は手の汗を拭い、剣を握る。大きく息を吸って呼吸を整える。

決勝を前に緊張しているのが自分でもわかる。どうやらまだまだ僕は未熟らしい。

それでも、今の僕の全てをカストルにぶつけてみせる。

『それでは、選手入場です！　まずは東入場口！　元ロードベルグ伯爵家長男、メルキス選手！』

僕は闘技場の舞台へと足を踏み入れる。すると、会場の中で割れんばかりの声援と拍手が響く。

「領主様～！　頑張ってくだせぇ!!」

観客席から、タイムロットさん達、村の仲間の声援も聞こえる。

空を見れば雲一つない快晴。カストルと戦うのに、これ以上ふさわしい場はないだろう。

『一週間前のエンピナ様との激闘は、武闘大会の歴史に残る伝説となるでしょう！　剣と魔法、どちらも超一流の使い手メルキス選手！　今日はどんな戦いを見せてくれるのか非常に楽しみです』

観客席から再び拍手が響く。

『そして西入場口からは、同じくロードベルグ伯爵家次男、カストル選手！』

向かいの入場口から、カストルが入ってくる。

『ロードベルグ伯爵家に代々伝わる、近接戦闘最強と名高い才能【剣聖】を継承したのは、兄ではなく弟のカストル選手です！　今大会でもその力でライバル達を退けてきました！』

先ほどよりも勢いは落ちるが、拍手がカストルを迎える。

カストルが父上の厳しい修行から逃げ出して遊び回っていた頃、僕はもうカストルが表舞台で活躍できることはないと思っていた。ずっと、伯爵家の財産を食い潰しながら静かに日陰で一生を終えてしまうのだと思っていた。

しかし、カストルは才能を授かってから真面目に訓練し、こうして王都武闘大会の決勝まで上がってきた。そのことが僕は嬉しい。

『史上初となる決勝戦での兄弟対決。一体どんな結末が待っているのでしょうか！』

「久しぶりだなぁ、メルキス兄貴！　小さい頃から、俺はずっとこの日を待ってたぜ。才能のある双子の兄貴と比べられてばっかりで、兄貴には一度だって剣で勝てなかったしなぁ」

カストルが凄まじい殺気を向けてくる。やる気があって良いことだ。修行から逃げてばかりいたあの頃とは大違いだ。

「だがそれも今日で終わりだぜ。俺は今日、兄貴を超える！」

カストルがこれほど感情剥き出しで僕にぶつかってきてくれることは、久しくなかった。僕は嬉しい。

「それは楽しみだ。受けてたつぞ、カストル」

僕とカストルはお互いに剣を抜く。

『それでは王国闘技大会決勝戦、メルキス選手VSカストル選手、試合開始！』

その瞬間、僕の体が急激に重くなった。

「どうした兄貴？　急に動きが鈍くなったじゃねぇか。ククク、俺は勝つためには手段はもう選ばないぜ」

なるほど、どうやら僕には呪詛魔法〝カースバインド〟がかけられているらしい。両手両足に、そ

れぞれ数百キログラムの重さを感じる。

次に、僕の体からごっそり魔力が抜けていく。初めて食らったが、これは呪詛魔法〝マナドレイン〟だろう。身体能力強化魔法〝フォースブースト〟を維持するのに問題はないが、以前のエンピナ様との試合のようにもう攻撃魔法を連射することはできなそうだ。

最後に、僕の視界が真っ暗になる。これは予選でナスターシャが喰らっていた、呪詛魔法〝ダークビジョン〟だろう。しばらくの間、何も見えなくなる呪詛魔法だ。

「なるほど、今回はこういう試練か」

体の動きが大きく鈍り、攻撃魔法も使えなくなり、視界も封じられた。

『これだけのハンデがあれば、カストルと互角に戦えるだろう。そして同時に、カストルも鍛えてやりなさい』

僕は、この呪詛魔法を父上からのそういうメッセージだと受け取った。

聖属性魔法〝ホーリー〟を使えば〝カースバインド〟と〝ダークビジョン〟は解除できる。だが、そんなことをしては試練の意味がない。僕はあえてこれらの呪いを解除しないでカストルと戦う。

「いくぞカストル、お前がどれだけ強くなったのか見せてもらうぞ！」

僕は走って間合いを詰める。今は完全に目が見えない状態だ。剣士にとって間合いは命。目が見えないのは圧倒的に不利である。

しかし、ここであの、山籠もりした修行の成果が生きる。

武闘大会に備えて、村の皆さんでやったあのスイカ割りの修行。目が見えなくても、正確に相手との間合いを把握して攻撃を叩き込む技術を僕は身に付けている。

今の僕は、目を瞑ったままでも村を散歩できる自信がある。

「そこだ！　ロードベルグ流剣術４式、〝紅斬〟！」

僕の剣が正確にカストルの胴を襲う。

〝ガキン！〟

硬い手応え。カストルが剣で僕の斬撃を受け止めたらしい。そうだ、これくらい防いでもらわなくては困る。

「クソ、なんで見えてないくせに正確に攻撃してきやがんだよ！　今度はこっちの番だ！」

カストルが反撃を繰り出してくる。目は見えないが、空気の流れと踏み込む足の音でどの技を繰り出してくるかはわかる。

ましてや相手は、途中で投げ出すまでの間は一緒に修行を受けていたカストルだ。技の選び方のクセはよく知っている。目が見えなくても動きは手に取るようにわかる。

〝キン！　ガキン！〟

僕はカストルの攻撃を、全て捌（さば）ききる。【剣聖】のギフトの力もあって、昔と比べて遥かに一撃一撃が重い。こうして直に剣を交えると、弟の成長をしみじみと実感する。

「クソ、なんで一発も通らないんだよ！」

理由は簡単。カストルの技の選び方は単調なのだ。

同じ技を単発で何度も繰り返し出し、それが通らないなら別の技に切り替えてまた繰り返す。それでは、相手の防御を崩すことはできない。

また、ロードベルグ流剣術には、技から他の技へとなめらかに繋がるものがある。そういった技の連携も使って、相手の守りを崩すのが上手い戦い方だ。

なので――

「ロードベルグ流剣術14式、〝無影突〟！　21式〝左瞬撃〟！　22式、〝右瞬撃〟！」

僕は、わかりやすいコンビネーション技を繰り出してカストルの守りを崩してみせる。これでカストルも、自分の戦術の甘さに気付けるだろう。

もちろんここで試合を終わらせないように、手加減することも忘れない。

「へへ、何となくわかったぜ。ロードベルグ流剣術11式、〝蒼断〟！　4式〝紅斬〟！　そして52式、〝流水剣〟！」

僕の伝えたいことを理解したカストルが、見事な連撃を繰り出す。僕は全ての斬撃を防ぎきったが、並の剣士なら間違いなく仕留められている。

「すぐに技の連携を使いこなすとは、流石だ。僕がいなくなってからはちゃんと修行してたらしい。……強くなったな、カストル」

「へ？　お、俺が兄貴に褒められた……？」

気配でわかる。カストルは今、完全に放心している。

「べ、別に兄貴に認められたかったわけじゃねぇけどな！　だがこれでわかっただろ？　俺は兄貴を超えて、ロードベルグ伯爵家を継ぐのに相応し――」

「だが、まだまだ成長の余地がある。ちょっと本気を出して、ロードベルグ流剣術には、まだまだ先があるということを見せてやる」

「『本気を出す』だって？　兄貴、まだ本気を出してなかったっていうのかよ？」

「その通りだ」

僕は本気の斬撃を繰り出す。さっきと同じ型だが――

「馬鹿な、威力も鋭さもさっきより桁違いに上がってやがる……！」

カストルの体が闘技場の壁に叩きつけられる。

「グハッ……！」

カストルは、よろよろと立ち上がる。

「ふざけるな……俺はなんとしても、兄貴を超えるんだ！」

カストルの体から、異質なオーラが溢れ出す。目が見えなくてもわかる、これは邪悪な力だ。

「クク、力が湧いてきやがるぜ。あの男に貰った球体、使えるじゃねぇか。命を吸い取るとか何とか言ってたが、その程度安いもんだぜ」

「あの男というのは一体誰だ？　カストル、その力は危険だ。早く球体を捨てるんだ」

「うるせぇ、指図するんじゃねぇ！」

怒りを込めてカストルが斬りかかってくる。さっきよりスピードも威力も上がっている。

「これでやっと兄貴と互角になれたぜ」

確かに、互角だ。技の選択と切れ味では僕の方が上だが、カストルは【剣聖】のギフトと正体不明の邪悪な力によって身体能力が上がっている。僕が呪詛魔法によって体を重くされていることも大きな原因だ。

このまま長引くとカストルの体に悪影響が出るかもしれないな。速攻で片を付けなければ。

「俺は！　今日こそ！　兄貴を超えるんだ！」

カストルが猛攻を仕掛けてくる。だが気持ちの焦りからか、大技を繰り出した際に一瞬隙が生じる。

――ここだ！

「終わりだ、カストル！　ロードベルグ流剣術14式〝無影突〟！」

「ガハッ！」

僕の剣先がカストルの胸当てを捉える。

「21式〝左瞬撃〟！　22式〝右瞬撃〟！」

さっきも見せた連続技をカストルに叩き込む。

「まだだ！　8式〝瞬連牙剣〟！　11式〝蒼断〟！　4式、〝紅斬〟！」

「グアアアァ!!」

連続攻撃を受けて、カストルが大きく吹っ飛ぶ。

――しかし、まだ終わりではない。

「93式〝緋空一閃〟！」

タメが長いが相手との距離を一瞬で詰められる大技〝緋空一閃〟を放ち、飛んでいったカストルの着地点に移動しつつ斬撃を当てる。

「グハァッ……！」

体勢を立て直せないカストルに、さらに連撃を叩き込む。

「12式〝流星斬〟！　52式〝流水剣〟！　88式、〝大鮮烈空虹〟！」

下から上へ、虹のような大きな円弧を描きつつ斬り上げる大技〝大鮮烈空虹〟を喰らったカストルの体が浮かび上がる。

「そこだ、47式、〝衝天突〟！」

更に突き上げる一撃で、カストルの体が宙高く舞う。そして、落下してきたところへ――

「14式〝無影突〟！　21式〝左瞬撃〟！　22式〝右瞬撃〟――」

「なぁあれって、最初にメルキスが使った技じゃないか？」

「本当だ！　……ってことは、まだ連続攻撃が続くのか!?」

会場の観客も、気付いたようだ。

ロードベルグ流剣術は極めると、技がスムーズに繋がり体力の続く限り無限に攻撃することが可能なのだ。

隙のない連続斬撃によって、相手に体勢を立て直す隙さえ与えず一方的に攻撃し続ける。これがロードベルグ流剣術の奥義である。僕はこれを、実家を出てから村で剣の素振りをしているときに会得した。

ロードベルグ伯爵家にいたときには、父上にそんな話を聞いたことはなかった。これも、『奥義は自分で会得してこそ意味がある。ゆえに、敢えて教えないでおく』という父上の計らいなのだろう。

ちなみに、僕が現状見つけているだけでも一七種類の技を起点に無限連撃に持ち込むことができる。ロードベルグ流がここまで恐ろしい剣術であるとは思わなかった。

「グアアアァ！！」

二周ほど連続攻撃を叩き込んだところで、カストルがようやく戦闘不能になった。攻撃の手を止めると、カストルが地面に倒れ込む。

ちょうどこのタイミングで、僕にかけられていた呪詛魔法の効果時間が切れた。魔力は戻らないが、体が軽くなり目も見えるようになった。

「大丈夫か、カストル？　今助けてやる。さぁ、その邪悪な力の源になっている球を放すんだ」

「嫌だ、これがないと俺は、兄貴に勝てな――」

無理やりカストルから怪しい黒い球を引き剥がすと、カストルの体からさっきまでの邪悪な力が抜けていく。

カストルはそのままぐったりと動かなくなる。やむを得ないとはいえ、乱暴な方法で止めてしまったからな。

『王国武闘大会決勝戦、ついに決着です！　圧倒的な戦闘力上昇を見せたカストル選手を、メルキス選手の無限連続攻撃が打ち破りました！　大会優勝者は、メルキス選手です！』

今日最大の歓声が巻き起こるが、今はそれどころではない。

「カストルを早く救護室に！　正体不明の力で命を吸い取られて、衰弱して――」

「それには及びませんよ」

いつの間にか、僕の背後に三人の人影が立っていた。そして全員、人間ではなかった。

「その浅黒い肌と頭の角。まさか、魔族――」

「カストルは魔族の力を体の限界まで使ったことで、体がよく魔族の力に馴染んでいます。これは魔王様の良い核になれるでしょう」

三人の魔族は、魔法陣を展開する。

「「「この人間を核とし、魔王復活の儀をここに執り行う！」」」

「しまった、カストル！」

魔法陣の光が、カストルの体を包んでいく。そしてその中から、巨大な何かが姿を現した。圧倒的な巨体が、僕を見下ろす。

六章

復活した魔王との決戦

SAIKYOGIFT DE
RYOCHI KEIEI SLOWLIFE

魔族の特徴をさらに濃縮したような、漆黒の肌と頭部のねじ曲がった角。筋肉質の腕。

さっきまで雲一つなかった空が急に暗くなる。現れた何かが存在するだけで息苦しさを感じる。

『我が名は魔王パラナッシュ。三〇〇年にわたる永き眠りより復活した』

闘技場中に、低い声が轟く。

三〇〇年前の魔族対人類の大戦において魔族を率いていたのが、魔族の上位種である〝魔王〟である。一〇体ほどいた魔王は、そのどれもが圧倒的な力を持ち、単騎で国を滅ぼしたという。

魔王は三〇〇年前の大戦で魔族とともに全滅したはずだったのだが――

「魔王だって？　嘘だろ？」

「なんで魔王がよみがえってるんだよ！」

「逃げろ！　ここにいると殺されるぞ！」

魔王というとんでもない存在の登場で、観客席がパニックになる。

『観客の皆様。王国騎士団の案内に従い、落ち着いて避難してください』

訓練された騎士団員が、早速避難誘導を始めていた。

「魔王パラナッシュ。僕の弟をどうした」

『弟？　ああ、我の復活の核になったあの人間か。それならば、ここにいるぞ』

魔王パラナッシュは、自分の胸を指さす。そこには、ちょうど人間一人が丸まった程度の大きさの球が輝いていた。

『我を復活させたあの者どもも、無能なことだ。こんな貧弱人間が核では、この魔王パラナッシュの力が弱まるというものよ』

そう言って魔王パラナッシュは嗤う。笑い声が地響きにも感じられるほどの迫力だ。

僕は、すぐにでも飛び掛かって魔王パラナッシュの頭を叩ききりたい気持ちだったが、こらえる。

「僕の弟はまだ生きているのか？　お前を倒せば、弟は助かるのか？」

『なんだ？　このゴミのような人間を気遣っているのか？　我が死ねば、核となった人間を助けることはできるだろう。もっとも、お前のような貧弱な人間には到底かなわぬ話だがな」

まさか、三〇〇年前に滅んだはずの巨悪〝魔王〟を相手にする日が来るとは思わなかった。

『来い。我が忠実なるしもべよ』

魔王パラナッシュの足元に、黒い魔法陣が出現する。魔法陣から黒い全身甲冑が出現した。

優に僕の背丈の倍はある。手にはそれぞれ盾と大剣を持っていた。動くたびに鎧の内部で音が反響する。どうやら内部は空洞らしい。

『三〇〇年前に魔族が開発した、自律駆動鎧だ。開発に成功したのはこの一騎だけだが、量産できていればあの戦いは魔族の圧勝だったであろう。ゆけ、あの脆弱な人間をひねり潰すのだ』

巨体にそぐわぬ素早さで鎧が突進してくる。繰り出す剣技も鋭い。

だが。

「甘い！」

伯爵家でずっと父上の教えを受けていた僕なら容易く見切れる。剣の軌跡をギリギリでかわし、隙ができた胴に斬撃を見舞う。しかし――

〝ギャリイイイィン！〟

鎧は無傷だった。

そして、僕の剣は刃こぼれしていた。

「うそ、だろ……？」

いくら何でも硬すぎる。物理攻撃ではあの鎧に歯が立たない。

「だったら！　下級火属性魔法〝ファイアーボール〟！」

物理攻撃がダメなら、魔法攻撃だ。僕は火球を放つ。

「させぬ」

魔王パラナッシュが、火球の前に立ちはだかる。僕の放った火球は、魔王パラナッシュに触れる前に突然空中で消えてしまった。

「魔法が無効化された……!?」

魔王パラナッシュが笑う。

「我は魔法無効結界を纏っている。三〇〇年前は前線に立ち、人間どもの魔法をはねのけて絶望に落としてやったものよ」

最悪の組み合わせだ。

物理攻撃に対して無敵に近い駆動甲冑と、魔法が通じない魔王パラナッシュ。この組み合わせは崩せない。

しかも、

〝ケエエエェン！〞

空から、数十頭ものワイバーンが急降下してきた。背中には魔族を乗せており、観客席の方へ襲い掛かっている。

観客の避難はまだ進んでいない。このままでは、観客に大量の犠牲者が出てしまう。止めに行かなくては。

物理攻撃の効かない駆動甲冑。魔法攻撃の効かない魔王パラナッシュ。ワイバーン。魔族。

駄目だ、とても手が回らない。

いったい、どうすれば……！

〝ギャアアアアアス！〞

そのとき、ワイバーンの悲鳴が響いた。

見ると、体が真っ二つになって落下していくところだった。

ワイバーンを両断したのは、回転しながら空を飛ぶ大斧だ。大斧はブーメランのように回転して持ち主のもとへ戻っていく。その持ち主とは……タイムロットさんだ！

「領主様、こっちは俺達に任せておいてくだせぇ！」

観客席にいたタイムロットさん達が、武器を手に取ってワイバーンを迎撃している。

魔法や手裏剣が飛び、ワイバーンを次々撃ち落としていく。

「では、我はこちらを相手するとしよう」

駆動甲冑に向けて、空から火球が六発降ってくる。

魔王パラナッシュがガードしようとするが、全ては防ぎきれない。抜けた火球が駆動甲冑に直撃する。

駆動甲冑はダメージを受けたようで膝をつく。

空から、竜の頭蓋骨に乗ってエンピナ様が降りてきた。

「ボクの存在も忘れてもらっては困るよ」

稲妻のように速い刺突が駆動甲冑を襲う。ダメージはないが、甲冑がさらに体勢を崩して地面に倒れる。

刺突を放ったのはジャッホちゃんだった。

「我が弟子よ、この空洞鎧は我らが受け持つ。汝はその魔王をやれ」

僕は頷く。

僕は一人ではない。村の仲間（とジャッホちゃん）がついている。

こんなに支えてくれる人がいて、負ける気がしない！

「いくぞ魔王パラナッシュ。必ずおまえを倒してカストルを助け出す！」

僕は剣を握って魔王パラナッシュに向き合う。

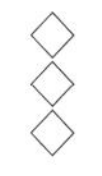

闘技場はパニックになっていた。大賢者エンピナを破ったメルキスの戦いを見ようと王都から遠く

離れた地からも観客が集まっていたからだ。

許容量を完全に超えた観客が、魔族と魔王の出現で一斉に逃げ出そうとして、外へと繋がる通路が完全に埋まっていた。

さらに。

「上級土属性魔法〝ロックウォール〟」

魔王パラナッシュを復活させた魔族達が、今度は魔法によって岩の壁を発生させて闘技場の出入口を塞いでいく。闘技場に残った観客を閉じ込め、人質にして戦闘をより有利に進めるための戦略である。

「出してくれ！」

「誰かなんとかしてくれ！」

「なんで絶滅したはずの魔族がいるんだよ！」

観客達が、岩の壁の前で悲鳴を上げる。

「お前ら行くぞ！　領主サマが魔王の野郎と集中して戦えるように、俺達はまず魔族どもをぶちのめす！」

「「「おう!!」」」

「シノビ部隊、全員戦闘態勢へ。全力を以て魔族を排除せよ」

「「「承知！」」」

タイムロットが率いる村の冒険者達と、カエデが率いるシノビ部隊が気合満点で魔族達に突撃しようとする。

だが――

「ワ、ワタシもう無理ですぅ～！」

周りがやる気十分な中、ナスターシャが涙目になってへたり込んでいた。

「なんで領主様の応援に来ただけなのに魔族がたくさんいるんですかぁ～!?　怖すぎて、ワタシもう無理ですぅ」

「あ、ナスターシャ殿どこへ行くのですか！」

ナスターシャは、半分パニックになりながらまだ封鎖されていない、外へと続く通路へ逃げていく。

しかし。

「はっはぁ！　この闘技場の中からは一人も逃がさねぇぜ！　上級土属性魔法〝ロックウォール〟！」

魔族の一体が魔法を発動。地面から巨大な岩が出現して通路を封鎖する。

「ど、どいてくださーい！」

ナスターシャが、ためらいなく岩を殴りつける。

〝ドゴォ!!〟

ナスターシャの怪力によって、岩が木っ端微塵になって消し飛んだ。

「おのれ……！　会場の人間の脱出口を確保するとは何と冷静な奴。それに恐るべきそのパワー。流石あのメルキスの仲間というべきか」

という魔族の台詞を聞かずナスターシャは自分が開けた脱出口から逃げていく。

「お前の相手は俺だぜ、魔族」

タイムロットが仲間の冒険者達を引き連れて魔族の前に立ちはだかる。

一方の魔族の周りにも、ワイバーンに乗って到着した仲間が集まっていく。

魔族の軍勢と村人達が正面から激突する。

「我らは魔族の中でも精鋭部隊。貴様ら脆弱な人間どもが束になろうと、手も足も出ないということを教えてやろう」

「まさか三〇〇年前に滅んだはずの魔族と戦うことになるなんてなぁ。現代の俺達の技がどこまで通用するか。緊張するぜぇ」

普段は軽口を叩いているタイムロットが、珍しく強張っていた。額には汗がにじんでいる。

「いくぜ、うおおお！」

先に仕掛けたのはタイムロット。斧を横薙ぎに振るい――あっさりと両断した。上半身と下半身が分離する。

「馬鹿な、何だ今のは……！」

魔族は驚愕に目を見開いていた。

「魔族の精鋭であるこの俺が、残像すら捉えられなかった。貴様、今何をした!?」

「何って。ただ真っ正面から突っ込んで斧を振っただけだぜ？」

「まさか、これほどの猛者がいるとは……！」

真っ二つになった魔族が塵になって消えていく。

「なんか、あんまり手応えねぇな」

当のタイムロットはきょとんとしている。

周りでも戦闘が始まった。村の冒険者達が魔族をあっさり倒しては不思議そうな顔をしている。

「タイムロットさん、こいつらめちゃくちゃ弱くないっスか？　さっき精鋭部隊って言ってたっスよねぇ？　なんでこんなに手応えないんスか？」

「さぁ？　戦闘じゃなくってクッキー作りの精鋭部隊なんじゃねぇのか？」

仲間からの質問に、タイムロットが音速を超える速さで斧を振り下ろしながら答える。

「ヒャッハァ！　隙ありィ！　戦闘中におしゃべりとは緊張感のない奴だぜぇ！」

一人の魔族が、タイムロットと話していた若い冒険者を背中から剣で刺す。剣は根元までしっかりと刺さった。

しかし。

「なんだ、手応えがない……!?」

剣で刺された若い冒険者の体が、薄くなって消えていく。

「ああ、今アンタが刺したのは俺の残像っス」

若い冒険者が、後ろから魔族の肩をぽんと叩く。

「残像を利用したフェイント、だと……!?」

「いやフェイントのつもりはないっていうか、音より速く動いたら意図せず残像が残っちゃって、それにアンタが勝手に引っかかっちゃっただけっス」

若い冒険者が魔族の体を剣で両断する。

「なんなんだ、お前達は一体……!?」

信じられないという表情で、魔族は死んで塵になった。

周りでは、似たような光景が繰り広げられていた。

ある冒険者はけん制のつもりで放ったファイアーボールで魔族を三人まとめて吹き飛ばして。

ある冒険者は間合いを取るためにバックステップしたら後ろにいた魔族にぶつかって即死させて。

あまりに一方的に冒険者は魔族を倒していく。

そして全員揃って、

『あまりに手応えがなさすぎて逆に不安になってくるな……』

という顔をしているのだった。

村の冒険者達は皆、【刻印魔法】の効果によって身体能力が桁外れに強化され、常識がおかしくなっている。

彼らにとって、魔族の精鋭部隊は練習用のカカシ以下の強さだった。

「大賢者エンピナ様の本を見て覚えた新しい魔法、実戦で試そうと思ってたんだけど使うタイミングなかったぜぇ」

タイムロットが頬をポリポリとかく。

「ええい化物どもめ！　そこを動くな！」

最後の一体になった魔族が、一人の人間を捕まえて首に剣を突きつけた。

「少しでも動いてみろ。この女の首を斬り落とすぞ！　わかったら全員武器を捨てろ！」

そう言って魔族が人質に取っているのは……カエデだった。

カエデは難なく〝忍法空蝉(うつせみ)の術〟を使って丸太と入れ替わって脱出する。あまりにも素早い脱出だったため、魔族は入れ替わりに気付いていない。

村人達は全員、呆れた顔をしている。

「フハハハハハ！　全員戦意を喪失したようだな。強い人間ほど、弱者をいたわり、庇い、死んでいく。愚かなことだ！　さぁ人間、攻撃できるものならしてみるがいい。その瞬間この女の首は胴に別れを告げることになるがな！」

「じゃあ攻撃するっス」

若い冒険者が剣を持って魔族に近づいていく。

「近づくなと言っているだろうが！　俺がこのままこいつを切り裂いてもいいのか!?」

魔族は丸太に剣を突きつけたまま叫ぶ。

「どうぞっス」

若い冒険者は歩みを止めない。

「ぐぬううううう！　か弱い人間を思いやり、労わるのが貴様ら人間の美徳ではないのか？　この人質が可哀想とは思わんのか!?」

「タイムロットさん。もしかして俺いま、魔族から人間の美徳について説かれてるっスか？」

「みてぇだな」

若い冒険者と魔族の距離がどんどん縮まっていく。

「聞け、人間よ。この女だって、貴様と同じように生きているのだ。貴様と同じように、楽しいことがあれば笑い悲しいことがあれば泣く、血の通った人間なのだ」

「そっスか」

若い冒険者は興味なさげに聞き流す。

「いいか。この女にも、両親がいるのだ。兄妹や友人、恋人もいるかもしれん。この女が死ねば、たくさんの人が悲しむのだ。そのことをよく考えたうえで、もう一度聞くぞ？　……貴様は、この女を見殺しにするのか？』

「うっス」

「即答だと!?　この人でなしめ！」

「まさか魔族に人でなしと言われる日が来るとは思わなかったっス……」

若い冒険者は、遂に剣の間合いまで魔族に近づいた。

「待て、やめろ！　剣を下ろせ！　この女の顔を見ろ！　この死に怯える哀れな表情を！」

魔族は人質を前に出して表情を若い冒険者に見せつけようとする。そして――

「あっ」

ようやく、人質が丸太と入れ替わっていることに気付いた。

「い、いつの間に!?」

「隙ありっス」

若い冒険者が音より速く丸太ごと魔族を両断した。

「よりによってカエデさんを人質にしようとするなんて、命知らずな魔族っスねぇ」

呆れた顔をして若い冒険者は剣を納める。

「終わったようですね」

一部始終を見ていたカエデが声をかける。手には何かを持って食べていた。

「カエデさん、何食べてるっスか？」

「携帯食料の羊羹（ようかん）です。ヒマだったので今のうちに栄養補給をしようと」

口元を拭って指示を出す。

「魔族はこれで全滅させた！　シノビ部隊は魔族が連れてきたワイバーンを撃墜しつつ、観客の避難誘導に当たれ」

「冒険者どもも、観客の避難誘導をするぞ！　飛び道具が使えるやつはワイバーンの相手をしてやれ！」

指示に従って、村のシノビと冒険者達が素早く散っていく。

各所で、観客をワイバーンのブレスから庇い、避難経路を案内する。

手裏剣や魔法がワイバーンの頭を撃ち抜き、撃ち落としていく。その下で、飛び道具を持たない者達が観客の避難誘導に当たる。頭の上には強力なモンスターがたくさん羽ばたいているというのに、まるでこの程度は日常茶飯事（にちじょうさはんじ）ですと言わんばかりの冷静な態度だった。

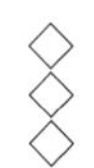

一方その頃。闘技場の舞台にて。

ジャッホと大賢者エンピナは、魔王パラナッシュが召喚した自律駆動甲冑と向き合っていた。

「伝説の英雄と共闘できる日が来るなんて。光栄ですよ、エンピナ様」

「我はあまり異常性癖者と共闘などしたくはなかったのだがな。事情が事情だ、仕方あるまい」

エンピナがため息をつく。

「三〇〇年前の大戦でも見なかった代物だ。まずは小手調べから入るとしよう」

エンピナが指を振ると、六つの水晶が舞う。

「火属性魔法〝ファイアーボール〟六重発動」

六方向から放たれた火球を、駆動甲冑が踊るようにかわし、剣で弾く。

「ほう。なかなか動けるではないか」

続けて放たれる火球を、かわし防ぎながら駆動甲冑はエンピナとの間合いを詰めていく。

「キミの相手はエンピナ様だけじゃないよ」

駆動甲冑の後ろに回り込んでいたジャッホが、再び鋭い突きを放つ。

〝キイイィィン！〟

甲高い音が響き、鎧が体勢を崩す。

「やはり普通に攻撃してもダメージはないか。何か工夫が必要だね」

ジャッホが、駆動甲冑の特性を冷静に分析する。

そのとき。

〝ビュッ！〟

素早い身のこなしで駆動甲冑がジャッホに蹴りを放つ。

倍以上の体格の駆動甲冑に蹴飛ばされたジャッホは闘技場舞台の端まで蹴り飛ばされる。そして、空中で体勢を立て直して壁に着地。

「ぬるいなぁ」

物足りなそうな表情を浮かべていた。

「体格も。パワーも。君の方が圧倒的に上。でも何故だかなぁ、全然物足りない。やはり僕に最高の敗北を味わわせてくれるのは、メルキス君しかいない」

「だから我が弟子を貴様の異常性癖に付き合わせるでないというのに」

エンピナは額に皺を寄せていた。

「時間さえかければ汝一人でも何とかできそうだが、今はそうも言ってはおれぬ。二人で手早く片づけるぞ」

エンピナが、再びファイアーボールを連射する。

〝ガシャン！〟

六発動時のファイアーボールをかわしきれず、ついに駆動甲冑の胴にファイアーボールが直撃する。

当たったところは、熱で溶けかけていた。

「やはり物理攻撃に対しては無敵に近くても、魔法攻撃は苦しいと見た」

エンピナが微笑む。いつものメルキスに向けるような笑みではない。敵の倒し方を見つけた、サディスティックな笑みだ。

大賢者エンピナはただの研究者ではない。魔族との大戦を潜り抜けた歴戦の戦士でもあるのだ。

「ファイアーボール！」

無慈悲な連撃が駆動甲冑を襲う。ダメージで動きが鈍り、かわしきれなくなっていた。エンピナが魔法を放つたび、鎧のどこかが被弾してダメージを受ける。

エンピナが操る水晶が甲冑の周りを飛び、死角からファイアーボールを放ち続ける。反撃の剣を軽やかにかわす。

駆動甲冑が走って逃げようとしても、間合いを保ったまま水晶がついていく。駆動甲冑はもはや水晶の牢獄に囚われているようだ。

「汝はもう逃げられぬ。じっくりやってもよいが今は時間が惜しい。異常性癖者、機動力を削げ」

「了解、エンピナ様！」

ジャッホが、駆動甲冑の死角から攻撃を仕掛ける。突剣による、両脚の膝裏への突き攻撃。

鎧の関節が砕け、膝をつく。

「メルキス君が戦う様子を観察できたおかげで、弱点がわかった。やはり鎧の関節部分を攻撃されると弱いみたいだね」

足の関節を破壊された駆動甲冑が、地面に倒れる。もう立ち上がることはできない。

「離れておれ。消し炭になりたいというなら話は別だが」

ジャッホが慌てて離れていく。

水晶が円を描いて旋回。駆動甲冑を中心に魔法陣を紡いでいく。

「超上級魔法、ホワイトプロミネンス」

魔法陣の中を、白い灼熱の炎が焼き尽くす。闘技場の中に余波の熱風が吹き荒れる。

エンピナは、魔法の効果範囲を甲冑の周りだけに絞っている。絞らなければ闘技場全体が消し飛んでいた。

炎が消えると、地面はドロドロに溶けていた。その中心に、微動だにしなくなった甲冑が倒れている。

「なんと。まだ形があるか。これは興味深い」

エンピナが顎に手を当てる。

「折角だ。我が弟子の婚約者のアイテムボックスにでもいれて持ち帰るとしよう。改造すれば何か面白いものが作れるかもしれぬ」

ジャッホとエンピナは辺りを見渡す。

「さて、どうしますエンピナ様。観客の避難とメルキス君の援護、どちらに行きます？」

「観客の避難誘導だ。我が弟子は、心置きなく戦わせてさえやれれば負けぬ。そのためにも、観客の避難誘導が先だ」

「わかりました」

そう言ってエンピナとジャッホは、まだワイバーンに襲われている観客席の方へと向かっていった。

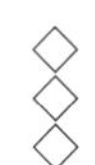

闘技場の中央。僕は、魔王パラナッシュと一対一で向き合っていた。

「貴様のような脆弱な人間がこの魔王パラナッシュを倒すつもりか。思い上がりも甚だしい！」

魔王パラナッシュが大剣を振り下ろす。

攻撃を剣で逸らす。手がしびれるほどの重さだ。正面からではとても受け止めきれない。

僕は魔法で反撃する。

「ファイアーボール！」

しかし魔王パラナッシュに到達する前に、火球はかき消えてしまった。

「学習しない生き物め。我が魔法無効結界を纏っているのを忘れたか」

「いや、しっかりと覚えているとも」

今の火球が消えたところを見て、結界の輪郭をハッキリと捉えた。

結界の発生源は、魔王パラナッシュの剣の根元に埋め込まれている宝玉。あれを破壊すれば魔法無効化結界を消せる！

「そこだ！　ロードベルグ流剣術93式、〝緋空一閃〟！」

〝バリイイイイィン！〟

甲高い音を立てて結界が壊れた。

「馬鹿な……！　人間ごときが！」

魔王パラナッシュが歯ぎしりする。

しかし僕の剣も完全に使えなくなってしまった。刃にヒビが入っている。

このままあと一回でも使ったら壊れてしまうだろう。僕は剣を鞘に収める。

「魔王パラナッシュ。ここからは魔法勝負だ」

「ぐぬうううう！　勇者でもない人間風情が！」

とはいえ、僕の魔力はさっきのカストルとの戦いのとき〝マナドレイン〟で吸い取られてしまって空に近い。

今使っている身体能力強化魔法〝フォースブースト〟を維持するだけでも魔力を消費する。他に魔法を使わなくてもあと数分で魔力は空になるだろう。

使える攻撃魔法はあと一発。だが大丈夫だ。僕には考えがある。

「どうした？　脆弱な人間と魔法比べをするのが怖いのか？」

僕は魔王パラナッシュを挑発する。

「抜かせ！　我が魔法で人間に後れを取るものか！　超上級闇属性魔法〝ダークメテオ〟！」

魔王パラナッシュの背後に、魔法陣が出現する。とてつもない魔力に大気が震える。

僕は天を見上げる。空から、黒い隕石が迫ってくるのが見えた。このままでは会場は跡形もなく消し飛ぶだろう。

だが僕はこの瞬間を待っていた。

「魔法融合発動。植物魔法〝グローアップ〟と呪詛魔法〝マナドレイン〟を融合！　〝深緑と吸精の捕食者〟！」

大地から植物の芽が飛び出し、急成長していく。僕の背丈を遥かに超え、天へと伸びあがっていく。

生まれたのは、巨大な食虫植物だ。頂上には大きな二枚の葉っぱがついている。鋭いとげが並ぶ葉はまるで二枚で一つの顎のようで、中は赤く染まっていた。

〝バグゥ！〟

食虫植物が、落下してきた隕石に噛みつく。

〝ジュワワアアァ！〟

食虫植物の顎の中で、ダークメテオの魔法が魔力に分解されていく。

「我の魔法を喰っている、だと？」

流石の魔王パラナッシュもこれには驚いているようだ。

〝ゴクン〟

食虫植物はダークメテオを魔力に分解して飲み込む。そしてさらに成長し、真っ赤な花を咲かせる。

花弁から一滴の蜜が落ちる。超上級魔法一発分の魔法を濃縮した蜜だ。僕は落ちてきたそれを手で受け止め、飲み込む。途端、体に魔力が満ちる。

「よし、これでフルパワーで戦えるぞ」

「我の魔法を分解して魔力を吸収したというのか。おのれえええええぇ！　闇属性魔法、〝サモン・

ケルベロス〟」

三頭を持つ巨大な魔犬ケルベロスが魔法陣から飛び出す。大樹のように太い足が地面を踏みしめる。

「魔法融合。氷属性魔法〝サモン・スノーフェアリー〟と上級氷属性魔法〝ブリザード〟を融合。〝妖精と吹雪の女王〟」

氷で作られた、美しい姿の女性が現れる。背中には巨大な氷の結晶の模様の入った羽。頭には透き通る冠を戴いている。

『ふぅっ』

氷の女王が小さく息を吹くと、空気が凍える。ケルベロスは一瞬で氷漬けになっていた。パラナッシュの体も半分凍っている。

パラナッシュが氷から抜け出すまでの隙を僕は見逃さない。

「超上級地属性魔法〝アースコフィン〟と氷属性上級魔法〝ブリザード〟を融合。〝大地と蒼氷の永久凍土〟」

地面が何ヶ所も盛り上がり、魔王パラナッシュを飲み込む。そして一気に冷えて凍り付く。

魔王パラナッシュの体は、完全に凍土に埋まっている。

「トドメだ。闇属性超上級魔法〝ダークメテオ〟と火属性下級魔法〝ファイアーボール〟を融合。〝業火と夜闇の流星群〟」

辺りが闇に包まれ、天から眩い尾を引いて流星が飛来する。その数、およそ一〇〇〇。轟音とともに、一発が大砲以上の破壊力を誇る流星が魔王パラナッシュに降り注ぐ。

『グアアアアアアアアアアアアアアアアアアアアアアアァ!!』

流星が、凍土ごと魔王パラナッシュを撃ち抜いては燃え尽きていく。

魔法の効果が終了し、辺りに光が戻る。

闘技場は、もはや原型をとどめないほど崩壊して深い深い穴が開いていた。外に被害が出ないように威力を一箇所に集中させたため、観客席の方は無事だ。

深い穴の底から、魔王パラナッシュが這い上がってくる。

「おのれ、おのれおのれおのれぇ！　勇者でもない人間ごときにぃ……！」

魔王パラナッシュは歯ぎしりする。

「魔族ども！　誰でもよい、人間を人質に取ってこい！　人質さえいればこの状況からでも逃げ出せる！」

魔王パラナッシュは闘技場を見渡す。しかし、呼びかけに答える魔族は誰もいない。

「残念だったな魔王サンよ！　魔族どもは俺達が一人残さずぶっ倒したぜ！」

「貴方の味方はもうここには誰もいませんよ」

タイムロットさんとカエデが魔族に代わって答えた。どうやらあちらの戦いも終わったらしい。

「おのれ、人間めぇ……！」

魔王パラナッシュが背中から翼を生やし、飛んで逃げようとする。

「させるか！　雷属性魔法〝ライトニングスパーク〟」

すかさず僕は撃ち落とす。

「ぐあああああああああああああああああ！」

それがトドメになったらしい。魔王パラナッシュは、塵になって消えていった。魔王パラナッシュが立っていた場所には、核になっていたカストルだけが残されていた。地面に倒れていて、意識がない。

「大丈夫か、カストル！　……良かった、脈はある！」

僕は何度もカストルに回復魔法をかける。まだ意識は戻らないが、顔色は良くなってきた。

「これでカストルはもう安心だ。これで一件落着――」

〝ゴウッ！〟

そのとき、闘技場上空を何かが駆け抜けていった。珍しい蒼いワイバーンだ。足では、何か金属の檻を掴んで運んでいる。

「檻の中にいるのは……父上!?」

見間違いではない。檻の中に囚われているのは、父上だ。そしてワイバーンの上には魔族が乗っていた。

「魔族め、父上を誘拐するというのか!!」

王国騎士団副団長である父上を誘拐すれば、王国の戦力はガタ落ちだ。父上ほど立派な騎士など、他にいない。多額の身代金を要求するつもりなのかもしれない。

「おのれ魔族、よくも父上を!!」

なんとしても、追いかけて父上を助け出さなくては。

――時は少し遡り、数分前。

メルキスが魔法融合を使い、闘技場に大穴を空け魔王パラナッシュを追い込んだときのこと。

メルキスの父ザッハークと、一緒に悪巧み（わるだく）をしている魔族の男。二人は、観客席の隅に隠れながら戦いの様子を窺っていた。

「どういうことだ貴様！　我が息子カストルを魔王復活の核に使い、しかもそれでもメルキスに手も足も出ぬとは！」

「私も驚いているところです。カストル様を生贄（いけにえ）に魔王パラナッシュ陛下を復活させたのは、あの魔族達の独断です。これについては素直に謝罪しましょう。我が同胞がご迷惑をお掛けしました」

いつになくしおらしい態度で、魔族の男が頭を下げる。

「そして、パラナッシュ陛下がメルキスに敗れるというのも完全な計算違いです。核が不十分なうえに復活直後で本来の力のほんの一部しか発揮できていないとはいえ、まさか人間に後れを取るとは。誠に残念です」

魔族の男が悔しそうに拳を握る。

「しかし、今はそれどころではありません。パラナッシュ陛下が敗れれば、メルキスはまだ他に魔族がいないか探し始めるでしょう。そうなれば、私は終わりです。それに、仲間に今回の事件の詳細を伝えなければ」

魔族の男が指笛を鳴らす。すると、風を巻き起こし蒼色のワイバーンがやってくる。

「私はこれで退散します」

「待て、俺も連れてゆけ！」

メルキスの父ザッハークは、魔族の男に詰め寄る。

「今回の企みが失敗したせいで、俺も間違いなく魔族との関与を疑われる。いや、メルキスはもう気付いているだろう。このままでは俺もメルキスに殺される！　俺はあんな規格外の流星を落とされて死にたくない！　頼む、俺も魔族の仲間のところへ連れていってくれ！」

「そうしたいところですが……あいにくこのワイバーンは一人乗りでして……」

「ワイバーンの脚に檻が付いているではないか！　ここにならあと一人くらい乗れるのではないか!?」

「それは、〝混乱に乗じて王族何人かを誘拐して、王国を混乱させる〟というサブプランのために用意した、捕虜を運ぶための檻です。乗り心地は悪いですよ？」

「構わん！　捕虜のような扱いでいいから、俺を乗せていってくれ！」

「わかりました、では早く乗り込んでください」

「感謝する！」

ザッハークは、檻に自ら入る。そして、檻を持ち上げてワイバーンが飛翔する。背中には、魔族の男が乗っていて指示を出している。

「我が魔族の拠点に着くまで四、五時間の辛抱ですよ伯爵」

「そうか。メルキスからは無事に逃げ切ったことだし。少しばかり乗り心地が悪いが、のんびりとこの空の旅を楽しませてもらうと――」

そのとき、ザッハークは言葉を失った。

メルキスが、レインボードラゴンに乗って猛然と追いかけてくるのだから。

「父上ーーーーー‼　今（助けに）行きます！！！！」

ザッハークと魔族の男は、恐怖で凍り付いていた。

「馬鹿な、レインボードラゴンに乗って追ってきただと⁉」

ザッハークの手は震えていた。

「フ。フフフ。何を怯えているのですか伯爵。メルキスは一キロ以上も後方。何も恐れることなど……」

「馬鹿もの！　頭を下げろ！　今すぐに‼」

「は？　何を言って……？」

訝しげな顔をしながらも、魔族の男は少し屈んで頭を下げる。次の瞬間――

〝ギャンンンン‼〟

魔族の頭が数秒前まであった空間を、超高速で何かが駆け抜けていった。メルキスの、雷属性魔法と氷属性魔法を融合させた魔法である。

電磁気によって加速された氷の杭を発射する。ただそれだけの魔法なのだが、速度と射程が尋常ではない。

　ザッハークの言う通り魔族の男が頭を下げていなかったら、魔族の男は頭を撃ち抜かれて死んでいた。

「な……なんですか今の攻撃は⁉　威力と射程については、今更驚きません。パラナッシュ陛下を倒したのです、あの程度の威力はあってもおかしくないでしょう。ですが、狙いが正確すぎます！　揺れるドラゴンの背に乗りながら、一キロ以上離れた私の頭を正確に狙うとは、どういうことですか⁉」

「メルキスは、剣以外の馬術や弓術や格闘術も得意なのだ。馬に乗ったまま、かなり先の的を矢で撃ち抜いたこともある。この程度、平気で当ててくるぞ」

「はぁ⁉　そんなもの、ギフト抜きでもバケモノではないですか‼　なぜ辺境に追放したのですか⁉」

「う、うるさい！　剣以外の技術など、所詮趣味のようなものだ！　剣の技術こそ我がロードベルグ伯爵家に必要なのだ！　そして、奴は最も優れた剣のギフト【剣聖】ではなく、聞いたこともない魔法関連のギフトを授かった！　だから追放した、それだけのことだ！」

「……そして、その聞いたこともない魔法関連のギフトが、どういうわけかとんでもない破壊力を持っていた、と。見る目がありませんね、伯爵」

　魔族の男に言われて、ザッハークは歯軋りする。

「そんなことは今はどうでもいい！　次の攻撃がくるぞ！　ワイバーンを急上昇させろ！」

ザッハークに言われた通り、魔族の男がワイバーンを急上昇させる。すると、今度はワイバーンの翼があった空間を攻撃魔法が駆け抜けていった。

「いいかよく聞け！　さっきから、メルキスは俺を殺そうとすればいつでも、魔王を倒した流星の魔法で殺せる。だが奴はそうしない。なぜかわかるか？」

「さて。そういえばそうですね。私には殺す気で魔法を放ってきましたが、伯爵には攻撃がない。……何故でしょう？」

「俺を生け捕りにするためだ！　生け捕りにして拷問して恨みを晴らすために決まっている！」

「なるほど。確かにそう考えれば全ての辻褄が合いますね」

魔族の男は頷いた。

「俺を何としても生捕りにして、これまでの恨みを晴らそうというつもりなのだろう。おのれメルキス！　仮にも一五年間育ててやった恩を忘れおって！　少しは父親を敬う気持ちというものがないのか！」

実際はメルキスはザッハークを助けるために来ているのだが、そんなことは夢にも思わず檻の中でザッハークは激怒していた。

「そんなことより伯爵！　次の攻撃が来ますよ！　またワイバーンを急上昇させて――」

「いや違う！　今度はワイバーンを急降下させろ！」

今度は、ワイバーンが急上昇していたら通過していたであろう空間に魔法が撃ち込まれる。

「こちらの回避まで見越して魔法を放ってきたのですか!?　ますますバケモノではないですか

「……！」

「しかも、こちらの選択肢を狭めるために三手四手先まで考えて行動してくる。目先の攻撃をかわしているうちに、いつの間にか逃げ場がなくなっているのだ。それを踏まえて攻撃をかわす必要がある」

魔族の男とザッハークを運ぶシューティングスターワイバーンは、空を最も早く飛ぶことのできるモンスターである。少しずつではあるが、メルキスの乗るレインボードラゴンを引き離しつつある。

しかしそれでも、まだまだメルキスの魔法の射程から逃げ切るには時間がかかる。

急上昇、急降下、右旋回、左旋回。フェイントを交えつつ回避を連発して、なんとか魔族の男はメルキスの魔法攻撃をここまでかわしきっていた。

しかし、

「ダメです、完全に追い詰められました！」

無理な回避を連発したせいでシューティングスターワイバーンが体勢を崩し、身動きが取れなくなる。そこへ、針の穴を通すような精度でメルキスの魔法が襲いくる。

「まさか〝これ〟を使う羽目になるとは……!!」

魔族の男が歯軋りする。頭の角が巨大化し、背中からコウモリのような翼が生える。

「なんだ!? 貴様から、凄まじい圧を感じるぞ!?」

「自らに課していた枷(かせ)を一時的に外しました。今の私は、普段の数十倍の魔法を行使することができるのです！」

魔族の男が、魔法を発動する。

「魔族式・限界突破防御魔法〝ブラッディシールド〟発動!!」

ワイバーンの後方に、巨大な赤い盾が出現する。盾は、王都の城壁さえ撃ち抜くメルキスの魔法を防いだ。

「おお！　やるではないか！　何故最初から使わなかったのだ！」

「この魔法は！　一度使うたびに代償として私の寿命が一年減るのですよ!!」

魔族の男が、歯が砕けそうな勢いで歯軋りする。

「クソ！　こんなところでこの力を使わされるとは！　私の、私の貴重な寿命が……!!」

盾にメルキスの魔法攻撃が殺到する。盾にヒビが入って砕け散る。そして再びワイバーンがメルキスの攻撃に晒される。

「こんな短時間で私の盾が……！　ならばもう一度！　〝ブラッディシールド〟！」

再び盾が出現するが、すぐに破壊されてしまう。

「もう一度！　もう一度！」

盾が出現しては壊され、また魔族の男が寿命を消費して盾を出現させる。

「くうううぅ！　私の寿命が湯水のように消えていくではないか！」

しかし一瞬でも盾を切らせば即死する。魔族の男にできるのは、寿命をどんどん消費して時間稼ぎをすることだけだった。

しかし徐々に、シューティングスターワイバーンはメルキスの乗るレインボードラゴンを引き離していく。

「よいぞよいぞ！　このまま逃げ切るのだ！」

ザッハークは、檻の中ではしゃいでいた。

「簡単に言わないでいただきたい！　私は貴重な寿命を削っているのですよ！」

それから魔族の男は二〇回近く盾を出現させ、ようやくメルキスを振り切ったのだった。

「はぁ、はぁ……。なんとか逃げ切りましたよ……!!　まさか寿命を二〇年も消費させられるとは思いませんでした」

魔族の男は疲弊しきってげっそりとしていた。

そして数時間後。

「さて、ようやく到着しました。ここが我々魔族の拠点の一つです」

蒼いワイバーンが地面に降り立つ。

魔族の男は、ザッハークを拠点内部に案内する。

◇◇◇

「父上が、誘拐された……!?」

僕は、ワイバーンが運ぶ檻に囚われた父上を見上げ、拳を握りしめることしかできなかった。

「おのれ、魔族め……！」

父上は【剣聖】のギフトを持つ、王国騎士団の副団長を務める実力者だ。魔族に力ずくで連れ去られたというのは考えにくい。

きっと何か、さっきの魔王パラナッシュのように人質を取るなどの卑怯な手を使ったに違いない。

おそらく、こんなやりとりがあったはずだ。

『ワッハッハッハ！　人質を取られては、流石の王国騎士団副団長といえど、手も足も出ないようだな！　さぁザッハーク、この一般人の命が惜しければ大人しくその檻に入れ！　抵抗すればこの一般人の命はないぞ！』

『おのれ魔族、卑怯な！　……いいだろう。どこへでも連れていくといい』

『何をおっしゃるのですザッハーク様！　私のような一般国民のために、あなたのような立派な方が犠牲になるなど、あってはなりません』

『それは違う。王国騎士団は、国と国民を守護することこそが責務なのだ。国民一人を助けるためならば、たとえこの命であろうと喜んで投げ出そう』

『ザッハーク様、なんて立派なお方でしょう……！　ありがとうございますザッハーク様！　この恩は一生忘れません！』

『礼など無用だ。俺はただ、自分の責務を全うしただけなのだから』

『ワッハッハ！　敵ながら見上げた男だな、ザッハークよ。貴様ほどの実力者を捕らえたとあれば、パラナッシュ陛下の犠牲も決して無駄ではなかった』

こんなやりとりがあって、父上は誘拐されたに違いない。

僕の腹の中で、魔族に対する怒りが燃え上がる。そしてそれ以上に、なんとしても父上を助け出したいという気持ちがある。

父上。自分を犠牲にして一般人を救うその精神、お見事です。あなたは絶対に僕が救い出してみせます！


「ナスターシャ、いるか!?」

「はい、ここにいますぅ……」

観客席の外に隠れていたナスターシャが、僕に呼ばれて恐る恐る顔を出す。

「頼みがある。いま飛んで行ったあのワイバーンを追いかけてほしい」

「ええ!?　せっかく戦いが終わったと思ったのに、また危ないところへ行くんですかぁ!?」

「相手の攻撃は、全部僕が防いでみせる」

「……わかりましたぁ、怖いですけどメルキス様の頼みであれば頑張りますぅ！」

ナスターシャがドラゴン形態になり、宙へ舞い上がる。僕はその背中に飛び乗った。

「では、いきます！　全速力で飛びますから、振り落とされないでください〜！」

虹色に輝くナスターシャの翼が空気を捉え、急加速する。

空を舞台に、父上を誘拐した魔族と、僕が駆るナスターシャの追走劇が幕を開けた。

遠距離攻撃用の魔法を連射し、魔族が操るワイバーンを攻撃する。

「メルキス様、敵のワイバーンまで一キロ以上離れているのに当たり前のように狙いを付けられるんですね。すごいですぅ～」

「ああ。伯爵家にいた頃に、剣だけじゃなくて弓の訓練もしたからな。その経験が今活きている」

父上を傷つけないように、攻撃の狙いはワイバーンの上に乗っている魔族と、ワイバーンの羽に限定する。ワイバーンは羽に穴が開いたくらいでは即落下することはない。徐々に高度を落とし、不時着するくらいはできる。それなら父上も無事なはずだ。

僕は魔法攻撃を連射するが、その全てがことごとくかわされてしまう。

ナスターシャは頑張って全力で飛んでくれているが、敵のワイバーンの方が速いので、ジワジワと引き離されていく。このままでは振り切られてしまう。

「だったら……！」

僕は再び魔法を発動し、ワイバーンがそれを回避する。

だが、それは僕の計画の内だ。徐々にワイバーンの回避ができなくなるよう、何手も先を読んで追い込んでいく。

ワイバーンが無理な体勢で回避し続け、ついに完全に体勢を崩す。

「そこだ！」

回避できないワイバーンに、僕はありったけの攻撃魔法を放つ。

だが――

「何⁉　防がれた⁉」

突如、魔族が防御魔法を発動した。巨大な盾がワイバーン後方に出現し、僕の魔法を全て弾く。

「どうして、さっきまで全く防御魔法なんて使ってなかったのに……！」

しかもあの防御魔法、かなり頑丈だ。攻撃魔法を三発撃ち込んでようやく壊せる。それに、壊したら即新しい盾が出現する。

「あのレベルの防御魔法が使えるなら、なんでさっきは使わずに回避していたんだ……？」

最初からあの防御魔法を使っていればもっと楽に僕の攻撃を防げたはずなのに。

「そうか、わかった！　最初の方は余裕があったから、僕の攻撃をギリギリで回避して楽しんでいたんだ」

舐めた真似をしてくれるじゃないか……！

僕は怒りで拳を強く握る。

きっと魔族は父上とこんなやり取りをしていたに違いない。


『ほう、人間の分際でこの距離で攻撃を当ててくるか。ワッハッハ！　俺自慢の防御魔法で弾き返してもいいが、それでは面白くない。いい機会だし、俺のワイバーン操縦テクを見せてやるとしよう。せいぜい楽しませてくれよ、メルキス』

『おっと、ワイバーンが完全に体勢を崩してしまったな。もうこれ以上回避はできそうにないか。遊びはここまでだ。防御魔法、発動！　……どうだ、俺が少し本気を出したらお前の貧弱な攻撃など通用しないんだぜ？　次に会うときは、せいぜいもっと火力の高い魔法を用意しておくことだな！

ワッハッハ！』

『ぐぬぬぬぬ……！　メルキス、お前がもっと強ければ、こんな魔族ごときに俺は誘拐されずに済んだというのに……！』

こうしている間にも、徐々にワイバーンは遠ざかっていく。

「メルキス様、ごめんなさいこれ以上速くは飛べないですぅ！」

ナスターシャが限界まで翼を動かして頑張ってくれているが、それでも父上を運ぶワイバーンの方が早く、どんどん差を広げられてしまう。

……そして、完全に振り切られた。

「魔族に逃げ切られた……！　くそ、僕は自分の弱さが悔しい！」

「え、メルキス様は十分すぎるほど強いですよ!?」

「いや、僕はまだまだだ。もっともっと、あの魔族の盾を一撃で撃ち抜けるくらい強くならなくては……！」

魔族は、どれだけの数存在しているのか不明だ。もしかしたら、一つの国に匹敵するほどの頭数を揃えているかもしれない。

だとすれば、魔族一人に舐められる程度の火力しか出せないようでは話にならない。

「メルキス様がこれ以上強くなったら、一体どうなってしまうのでしょう……？」

僕を乗せるナスターシャが不安そうにそう口にした。

「ナスターシャはよくやってくれた。ありがとう。ゆっくりでいいから、一度王都に戻ろう」

――魔王パラナッシュを倒してから、数時間後。

王都での魔王出現の騒ぎはようやくおさまりつつある。

そして僕は、王城の謁見の間に呼ばれていた。僕は国王陛下に今回の事件の顛末（てんまつ）を報告する。

――カストルが魔族にそそのかされて怪しげな力に手を染めてしまったこと。

――そこを利用され、魔王復活の核にされてしまったこと。

――僕が復活した魔王を倒し、カストルを助け出したこと。

――父上が卑怯な魔族によって誘拐されてしまったこと。

――そして、魔族を追ったが逃げ切られてしまったこと。

「……わかった。まずはメルキス君、ご苦労であった。ザッハークが誘拐されてしまったことは残念であったが、魔王復活による死者はなし。怪我人もなし。被害といえば闘技場が半壊したことくらいだが、その程度いくらでも直せよう。本当によくやった、メルキス君」

「ありがとうございます。勿体なきお言葉です」

「そうだよ！　メルキス大活躍だったんだよ！　すごいでしょパパ！」

マリエルがどこからかひょっこり出てきて、僕の背中をバシンバシン叩く。

「うむ。流石マリエルが結婚相手に選んだ男じゃ。見事な働きぶりであった！」

「え？　僕をマリエルの許嫁に選んだのは僕の父上と陛下では――？」

「おっと、そうであった！　いかんいかん！　歳をとると、昔の記憶があやふやになってしまっての！　ハッハッハ！　ハッハッハ！」

「も、もうパパってば！　しししっかりしてよねねねねね」

目の端でマリエルを盗み見ると、顔を真っ赤にして動揺していた。実の父親の老化が始まっているのを見てしまったのだ。ショックを受けるのも無理はない。

「では、順を追って褒美を贈るとしよう。まずは、王都武闘大会の優勝賞品である〝宝剣イングマール〟だ」

僕は陛下から直々に、〝宝剣イングマール〟を賜る。剣士として、質の良い剣は何本でも集めたくなってしまう。僕は、浮ついてしまう心を抑え込むのに必死だった。

手にずっしりと重みが伝わってくる。ああ、幸せだ……！

「そして、復活した魔王パラナッシュを討ち取った褒美についてじゃ。王国の長い歴史の中でもこれほどの働きをした者はほとんどおらぬ。なんでも欲しいものを言うがよい。王家が全力を尽くしてお主の願いを叶えよう……と言っても、今はそれどころではなかろう」

「はい。さらわれた父上のこと以外は、今は考えられません」

「ではまた、何か欲しいものを思いついたら言うとよい。いつまでも待っておるぞ」

陛下の気遣いが、今はとてもありがたい。

「そして一つだけ。ザッハークは必ず生きておる。心配などいらぬ。魔族がザッハークを殺そうとしているのであれば、とっくにそうしているじゃろう。ザッハークを誘拐したのは、何か生かしておく必要があるからじゃ」

「……確かに、その通りです」

自分でも呆れるほど、僕は冷静さを欠いていた。こんな簡単なことに気付かないなんて。

「どのみち魔族との対決は避けられぬ。王国として、全力でザッハークと魔族の行方を追う。見つけ次第すぐに、メルキス君にも知らせよう。そして、気負うのも大事じゃが、割り切って休むときは休むのも大事じゃ。できることがないときは、頭を空にして休むとよい。その方が、大事なときに力を出せるというものじゃ」

「ありがとうございます、陛下」

陛下の言葉で、肩に乗っていた重いものがすっと降りたような、だいぶ楽な気分になれた。

「近いうちに、また魔族と戦う日が来るじゃろう。そのときは、また活躍してもらうぞ」

「かしこまりました」

こうして僕は、村の皆さんと合流して村に戻ったのだった。

七章
温泉作り
プロジェクト始動

SAIKYOGIFT DE
RYOCHI KEIEI SLOWLIFE

村に着くと、僕は真っ先に広場へみんなを集めた。

「どうか皆さん、父上を魔族から救い出すために、力を貸してください。そして、それが魔族の企みを打ち砕き、この村や国を守ることにも繋がります」

「頼まれるまでもございません。このカエデとシノビ一族、主殿のためにこの力を使いましょう」

「わ、私も頑張りますぅ〜。……怖いですけど……」

「ボク達キャト族もお役に立ちますニャ！」

「領主サマのためにの役立てることがあるなら、なんだってやりやすぜ！　なぁみんな！」

「「応!!」」

村のみんなは、当然とばかりに力を貸すと申し出てくれた。僕は、とても良い仲間を得た。

「まず初めに、機動力と諜報力が高いキャト族の皆さんとシノビの皆さんに、魔族の拠点がどこにあるのか、情報収集をしてもらいたいです。父上をさらった魔族は、ワイバーンに乗って北の方へ飛んでいきました。もちろんフェイントの可能性もありますが、まずは北の方を重点的に探すのが良いかと思います」

村のみんなが頷く。

「魔族が人間に変装して人間の街に潜伏しているのか、それともモンスターの棲む森の中に住処(すみか)を作っているのかも不明。魔族を見つけるまで数ヶ月、あるいは数年かかるかもしれません。長期的な、とても過酷な任務になると思います」

「かまいません。主殿のためにお役に立てるこの機会に、むしろ感謝さえしていますとも」

と、片膝をついた姿勢のカエデ。

「任せてくださいニャ！　商品の仕入れもしながらたくさん情報を集めてきますニャ！　ついでに、お土産もたくさん買ってきますニャ！」

とキャト族さん達。

そして彼らは、意気揚々と魔族探索の任務に出発していった。

数日後。

あれから、王国はうわべだけは平和になった。しかしこうしている間にも、どこかで魔族は次の企みを進めているはずだ。

キャト族さん達とシノビさん達は魔族の拠点を探してくれている。定期的に報告に戻ってきてくれているが、今のところ手がかりはなしだ。

僕は朝食を済ませ、領主としての仕事をすべく屋敷の玄関を出ると――

「メルキス君！　ボクと勝負だ！」

ジャッホちゃんが立っていた。

今日は男装しておらず、王都武闘大会で戦ったときよりも女性らしい格好をしている。あのときは胸を潰していたようだが、今日は豊かな胸の輪郭が服を押し上げている。男装をやめたとはいえ相変わらず貴公子的な雰囲気を身に纏っている。

しかし、なぜいるのだろうか。

「おはようジャッホちゃん。先日王都武闘大会で戦ったばかりだし、さすがに昨日の今日でもう一度勝負というのは……」
「剣の勝負ではないさ。敗れてすぐに再戦を申し込むほどボクは往生際が悪くない。できることなら
また剣で戦って完膚なきまでに叩きのめされたいところなのだが……」
これまで僕は、ジャッホちゃんのことを剣の良きライバルだと思っていた。同世代で僕と戦えるの
はジャッホちゃんくらいのものだったからだ。
今もその思いは変わらないのだが……戦いづらいと思うようになってしまった。
「今日の勝負は、村バトルだ」
「村バトル？」
「ボクも、ルディングトン家の跡継ぎになるための勉強として、ルディングトン家が管理する村の経
営を手伝っていたのさ。メルキス君、ボクとキミどちらの村が素晴らしいか、勝負といこうではない
か」
「いいだろう。受けて立つ！」
村というのは、唯一無二のもの。それぞれに良さがあり、全ての村がオンリーワンなのである。比
べることなど、本来はできない。
だが、勝負することで相手の村の良さを知ることができれば、その点をとりこんで村をさらに発展
させることができるかもしれない。
だからあえて僕はこの勝負に乗ってみることにする。
「勝負はシンプル。お互いに自分の村の長所を紹介して、相手に認めさせた数の多い方の勝利だ」

「わかった、いいだろう」

「せっかくボクがこの村に来ているんだ。先攻はメルキス君に譲ろう。さぁ、この村のいいところをボクに紹介してくれ」

僕は村の入り口にジャッホちゃんを案内する。

「まずは、この防壁。魔法を使って作った壁だ」

「素晴らしい。国王陛下の住む城の壁と同じくらいの規模じゃないか。これなら一国の主力軍隊が攻めてきても籠城戦ができる」

「この辺りは強力なモンスターが棲んでいるからね。安心して暮らすにはこれくらいの壁が必要なんだ」

「見事だよ、メルキス君。だが、このくらいでボクに勝ったつもりじゃないだろう？　次は何を見せてくれるんだい？」

続いて僕は、ジャッホちゃんを村の畑に案内した。

「馬鹿な、これだけの規模の畑をこんな辺境の村に……!?　しかも作物の種類も様々だ。どうしたらこれほどの作物を用意できるというんだ」

驚きに目を見開いている。

「そして、あの水浸しの地面に生えている青い麦のような植物はなんなんだ？」

「アレは〝米〟という極東大陸の穀物だ」

「その通り。我ら極東大陸のシノビ一族が持ち込みました」

ひざまずいた姿勢のまま、音もなくカエデが現れた。

「おお、誰かと思えばメルキス君の村の隠密部隊の頭領君ではないか。武闘大会のとき、会場に現れた魔族達を討伐しているのを見かけたよ。影が動いているかのように音を立てない身のこなし。疾風のごとき素早さ。見事だったよ」

「ジャッホ殿こそ、武闘大会での主殿との戦い、お見事でした。主殿と剣であれほど渡り合える者がいるとは思いませんでした」

どうやら、スピードを売りにしている者同士ウマが合うようだ。

「ところで、わざわざ地面に水を引いて育てないといけないとは、あの〝米〟という作物を育てるのはかなり手間ではないのかな？　なぜわざわざ麦ではなく〝米〟を育てているんだい？」

「それは、お米が美味しいからだよ。パンも美味しいけど、わざわざ水を引いて常に水位を管理してもいいと思えるくらいお米というのは美味しいんだ」

「なるほどね……そして、さっきから気になっていたんだがあの草はなんだい？」

ジャッホちゃんが別の畑を指さす。

「アレは三つ葉という植物だ。スープの上に添えたり、天ぷらにしたりする。卵とじにするのも美味しい」

「ではその隣は？」

「そっちは山椒（さんしょう）。煎（い）って粉にして料理にすこし振りかけるととても美味しい」

「じゃあその隣は……」

「あれは紫蘇。食べ方は――」

僕はしばらく、極東大陸から持ち込まれた植物の説明をしていた。

「極東大陸の人、草好きすぎじゃないかい？」

「最初は僕もそう思っていた。だけど、食べてみるとこれが美味しいんだ。よし、ちょうどいい時間になったしお昼にしようか。今紹介した植物を使った料理を紹介するよ」

僕はジャッホちゃんを村の極東大陸料理店に連れていった。

「このウナギという魚の蒲焼き、美味だ……！」

ジャッホちゃんは頬を押さえてウナギの蒲焼き丼を楽しんでいた。

「こんな風味の魚がいるとは知らなかったよ。そして、これがさっきの〝山椒〟だね？　この上品な香りがウナギによく合っている！　実に素晴らしい！」

ウナギの蒲焼きを気に入ってくれたらしく、すごい勢いで食べている。

「そして、この美味なタレがしみこんだご飯。こちらも素晴らしい。さっぱりしていて、それでいて口の中の水分を奪わない主食。これは確かに、パンでは代用できない。あれほど手をかけて育てるのも納得だよ」

何度も頷いている。

「そしてこちらの〝オスイモノ〟というスープも薄味だが香りが良くて落ち着く味だ。浮かんでいる葉の香りがとてもいいね」

「それがさっき紹介した三つ葉だ。これが極東大陸の料理に欠かせないという理由もわかってくれるだろ？」

食事を終えて、僕は次にジャッホちゃんを図書館に案内する。

「ここは……なんという。なんという最新設備なんだ！」

ジャッホちゃんはまず入り口にある図書館の蔵書検索ができるミニチュアを見て驚嘆していた。

「王国中を探してもこれだけの設備はないよ。これを図書館の蔵書検索にだけ使っているなんて、なんという贅沢なんだ」

その後、宙に浮いている照明代わりの水晶や独りでに動く蔵書棚を見ては驚きの声を上げていた。

そして目玉の、魔法に関する文献の棚を見せる。

「……嘘だろう、メルキス君。ここに並んでいる本、全て著者名に〝エンピナ〟と書いてあるが。嘘だろ？　嘘だと言ってくれよ」

「嘘じゃない。その証拠に、ほら」

僕が指さすと、エンピナ様が本を持って歩いてくるところだった。

「おお、ちょうど良かった。我が弟子よ。今新しい本が書き上がったところだ。そのうち詳しく内容を講義するから、それまでに読んでおいてくれ」

エンピナ様がまだインクの香りがする本を、本棚の隙間に差し込んだ。

「待て待てメルキス君！　エンピナ様の本なんて、大衆向け図書館に置いて良い代物ではないぞ！王宮直属の魔法使い達がどれだけ羨ましがるか！」

「我の書いた本をどこに置こうと我の勝手であろう？　王宮の魔法使いどもにくれてやるより、ここにある方が有益だと我が判断した。それだけのことだ。写しくらいなら暇なときに作って送ってやっても良いが」

エンピナ様はあくびをしながらそう言って去っていった。

「全く、今日は信じられないものばかり見るよ……」

ふらふらになりながらジャッホちゃんが歩く。驚きが許容量を超えそうなのだろう。

「さて、次は極東大陸風公園を——」

僕達が広場の横を通り過ぎようとしたとき、ジャッホちゃんが急に立ち止まる。

「メルキス君。アレは、アレはなんだい？」

震えながらジャッホちゃんが指さす先では、ドラゴン形態のナスターシャが昼寝をしていた。

「ボクの見間違いでなければ。アレはレインボードラゴン、国が本気で動かなければいけないほどの存在だが。見間違いだよなメルキス君？」

「ああ、大会の日に見てなかったのか。心配しなくて大丈夫」

「心配しなくていいだって!?　いつ気まぐれに暴れるかわかったものじゃないだろう!?」

「いや、大丈夫だよ。ほら、あれを見て」

僕はナスターシャの背中を指さす。そこでは、カエデが昼寝をしていた。

「嘘だろ……？　なんて命知らずなんだ」

「いや、ナスターシャも村の仲間だから大丈夫だ。ほら、目を覚ましても怒るどころか昼寝してるカエデを起こさないようにじっとしてるだろう？」

ナスターシャは首をもたげて背中で寝ているカエデを見て、身動きがとれなくて困ったというような顔をしている。

「そんな、レインボードラゴンさえも村の仲間にしたというのか……！」

ジャッホちゃんは地面に膝をつく。

「負けたよ。これほどの充実した設備が揃っているとは。さすがメルキス君。ボクの村を紹介するまでもない」

「ジャッホちゃん……」

「実は最初に村を囲う壁を見たときから負けを認めていたよ。だがあえて圧倒的な敗北を味わうために村の設備を全て紹介してもらった。ああ、素晴らしい敗北だよ……！」

「ジャッホちゃん!?」

よく見ると、ジャッホちゃんの顔は興奮で赤くなっていた。これは敗北を楽しんでいる顔だ。

「完膚なきまでの敗北だ。手も足も出ない、とはこのことだ。この村に来て良かった」

僕は村を案内したことを後悔している。

「ところでメルキス君。一つ頼みがある。ボクを、この村に住まわせてほしい」

唐突な申し出だった。

「この村に来て、改めてメルキス君のすごさを知ったよ。この村に住んで領地経営の技術について学んで、ボクの一族の領地を発展させたいんだ。留学のようなものだと思ってほしい。もちろん、ボクの父も承諾済みだ」

「そういうことなら、歓迎するよ」

僕はこの村だけで発展を独占したいとは思っていない。

他の村にも発展させるための技術などを広め、国中、大陸中が豊かになれば良いと思っている。

もちろんまだまだこの村の外に進出する予定はないが、そのための準備を進めていくのは良いことだ。

「よろしく頼むよ、メルキス君」

僕は、差し出された手を握る。

「じゃあ早速だけど、この村の仲間になったことだし一つ村人の証のようなモノを与えようと思う」

「なんだい？」

手の甲を差し出す。

「魔法融合発動。永続バフ魔法〝刻印魔法〟と身体能力強化魔法〝フォースブースト〟を融合。〝紋章と強靭の加護〟」

ジャッホちゃんの手の甲に、紋章が浮かび上がる。

「これは……！　体に力がみなぎる！」

「身体能力を向上させる魔法だ。その代わりに魔法をかけた相手の命令に逆らえなくする魔法〝刻印魔法〟をベースにしているんだけど、身体能力強化魔法〝フォースブースト〟と融合させることで、命令に逆らえなくなる効果を外すことに成功した」

「これほどの力、素晴らしいよ。今ならなんだってできそうだ」

「村の皆さんにかけている刻印魔法も、こちらに切り替えていきます。身体能力強化性能もこちらの方が上ですし」

僕は村の皆さんに呼びかける。

盗賊に襲われて仕方なかったとはいえ、僕の命令に逆らえなくなる効果をずっと村の皆さんにつけているのは心苦しかったのだ。それに、戦術的な利点もある。

僕一人が洗脳魔法などで操られてしまったとき、刻印魔法の〝命令に逆らえなくなる〟効果があると村の仲間はあっという間に全滅させられてしまう。それはあまりに危険だ。

「これから毎日メルキス君に勝負を挑んでは返り討ちに遭う素晴らしい日々が始まるというわけだ。ああ、ワクワクするね！」

「主殿。本当に村に住まわせて良かったのですか？」

いつの間にか昼寝から目覚めていたカエデが耳元でこっそり聞く。

「わからない。やめておけば良かったかもしれない」

と、僕はつぶやいた。

「さて、村の仲間になったからには、ボクも村の役に立つために力を尽くそう。早速だが、ルディングトン家の村にあってこの村にない〝温泉〟という施設を紹介させてもらおう」

「温泉？」

「水浴びの代わりに、温かいお湯に浸かる施設があるんだ。あれはとても気持ち良くて、疲労回復に効くのさ」

「ほう、温泉ですか。それは良いですね」

と、カエデが食いついた。

「極東大陸にも温泉はありました。この村にも温泉があれば良いな、と思ったことは何度かあるのですが。やはり温かいお湯を扱うので水回りに特殊な設備が必要になり。私達では無理だったので断念しました」

「そうだったのかい。必要であれば、ルディングトン家の村から温泉の設備を作れる技師を呼んでこよう」

「それなら、温泉を作れそうだな。よし、早速作ってみよう！……しかし、人が何人も浸かれるほどの量のお湯を沸かすのはとても大変そうだな。ジャッホちゃんの村ではどうやって温かい湯を調達しているんだ？」

「温泉とは、火山活動の影響によって温められた湧水を使うものなのさ。火山の近くでは、熱く煮えたお湯が沸き出すところがあってね。そこから温度を調整しながらお湯を引いてくるのさ」

「なるほど、火山の熱を利用するのか……残念ながら、この辺りにはそんなに活発な火山はないな。毎日大量に薪を使ってお湯を沸かすのも難しい。そんなペースで木を切り続けたら、村の周りの森がすぐになくなってしまう」

残念だが、温泉は諦めるしかないのかもしれない。

「主殿、ご心配なく。実は以前より、私もこの村に温泉を作る方法について考えておりました。一つ、簡単に大量のお湯を沸かす良い考えがございます」

と、カエデ。

それを聞いて、ナスターシャが目を丸くする。

「ふぇ〜、カエデさんすごいです。簡単にお湯を沸かす方法なんて、私にはどうやっても思いつきません〜。私もオンセン入ってみたいですぅ。一体、どうするんですかぁ〜？」

カエデがドラゴン形態のナスターシャの腕をポンと叩く。

「はっはっは。ナスターシャ殿、ご冗談を。ここにあるではないですか。薪を使わずに簡単にお湯を沸かす方法が。ほら、すぐ近くに」

「ええー、どこですかぁ？」

ナスターシャが辺りをキョロキョロと見渡す。

「私は考えました。ドラゴンのブレスを使って毎日大量のお湯を簡単に沸かせるのではないかと。……ナスターシャ殿、あなたが温泉になるのです」

「ええええぇー!?」

こうして、村の温泉作りプロジェクトがスタートしたのだった。

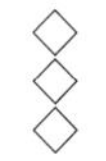

「それでは、手分けして〝オンセン〟建設プロジェクトを進めていきましょう！」
「「「おおーー!!」」」

せっかくなので、内装は極東大陸風にすることに決定した。

「タイムロットさん達冒険者チームは、体力を活かして穴掘りと木材・岩系材料の調達を。シノビの皆さんは内装の監修を。キャト族の皆さんは、魔族の探索ついでに村の中では調達できない材料を他の村から買ってきてください」

「「「了解！」」」

村の仲間が各自作業に取りかかっていく。

種族や出身が違う村人達が、それぞれの強みを活かして一つの目的に向かって動き出す。人が増えれば計画通りにプロジェクトを進めるのが難しくなってくるのだが、マリエルが上手くコントロールしてくれている。

王族として人の采配について勉強しているだけあって、とてもスムーズに計画が進んでいく。

「ジャッホちゃんは、ルディングトン家の村から技師さん達を連れてきてほしい。工事をしてもらうお礼に今度、ルディングトン家の村にこの村と同じだけの壁を建てようと思うんだけど、どうだろう？」

「ありがたい限りだよ、メルキス君。彼らもきっと喜ぶだろう」

ジャッホちゃんは早速出かけていった。

僕も早速畑に向かい、木材系の材料の調達を始める。

「では主殿、この〝ヒノキ〟という木を育ててください」

「わかった、植物魔法、〝グローアップ〟発動」

魔法の効果によって、畑に一瞬で木が育つ。

「見たところ、普通の木みたいだな。これならわざわざ育てなくても、村の周りの森から切ってきても良かったんじゃないか？」

「いえいえ。主殿、このヒノキの木を切ってみてください。

僕は剣で幹を両断する。すると——

「なんだ、この上品な香りは……？」

この大陸にはない、上品な落ち着く香りに包まれる。

「そう、これこそがこのヒノキの特性です」

確かに、こんな木で建物を建てたらいい香りに包まれてリラックスできるだろうな。

僕は必要分のヒノキを育てて、切り倒していく。

切り出した木を村の仲間が板状に加工していく。

「さて、次に必要な材料は……竹か」

「あ、私も行くよ！　ちょうど今指示を出し終えたところで、しばらく手が空くから」

そう言うマリエルとカエデを連れて、僕は以前に作った極東大陸風公園に向かう。

竹林から、竹を必要なだけ切り出していく。

しかし……、

「何に使うんだろうな、竹」

「何に使うんだろうねぇ」

僕とマリエルは首をかしげる。

「建物の材料にするには、竹は強度不足じゃないか？」

「私もそう思う。太さもバラバラで使いにくそうだし」

まさか……。

「やっぱり食べる気なのかな」

「食べるんだよ、間違いないって」

マリエルも同じことを考えていた。

「極東大陸の人は、植物は何でも食べるからなぁ」

「きっと、温泉に長い時間浸して柔らかくして食べるんです、とか言うんだよ。ホント何でも食べるよねー、極東大陸の人は」

僕とマリエルは笑い合う。

「いえいえ。いくら私達でも、竹は食べませんよ」

少し離れたところで竹を採取していたカエデが戻ってきた。

「竹は、強度の必要ないちょっとした仕切りを作るのに使うのです。お、主殿。いいものを見つけましたよ」

カエデが、足元にあった茶色い円錐形の何かを指さす。

「なんだそれは？」

「これは、成長途中の竹で〝タケノコ〟といいます」

そう言ってカエデはタケノコを掘り起こし始める。

「そのタケノコも建材に使うのか？」

「いえ。タケノコは食べるために掘っています。米に混ぜて炊くととても香りがいいのですよ」

やっぱり食べるじゃん……。

僕とマリエルは目を合わせる。

しかし、極東大陸の料理が美味しいのは僕もよく知っている。楽しみにしておこう。

こうして、温泉を建てるための木材は揃った。他のチームも、順調に作業が進んでいるようだ。

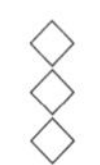

――そして三日後、オンセンが完成した。

「いい湯だな～」

温泉が完成した日の夜。僕は、一人で温泉に浸かっていた。

完成した温泉に、テストも兼ねて貸し切りで浸からせてもらっているのだ。

石でできた大きな湯船に背中を預けていると、体からじんわりと疲れが抜けているのが感じられる。

ヒノキのいい香りに包まれて、なんとも気分がいい。

温泉に浸かりながら見れるように庭も作った。小さな池に、燈篭（とうろう）の灯りが映り込んでいる。竹で作った〝シシオドシ〟という小さなインテリアがときおり〝カポーン〟という音を立てていて、それがなんとも風情がある。

四方は竹で作った壁に囲われているのだが、天井は開いていて星が見える。温泉で体は温められるのだが、顔は冷たい夜風が冷ましてくれる。それがとても心地良い。

お湯は、当初の計画通りナスターシャがブレスで沸かしてくれている。高温のお湯を、温度に応じて複数の湯船に分けて注いでくれる仕組みを、ジャッホちゃんが連れてきてくれた技師さん達が作ってくれた。ちなみにお湯は、ナスターシャにちなんだドラゴン型の蛇口から出てくる。

「やっほー、お邪魔するよー！」

脱衣所の方から突如、マリエルがやってきた。全身にタオルを巻いているので、肌は見えないのだがそういう問題ではない。

「マリエル、こっちは男湯だぞ！　女湯はあっち！」

僕は、竹で作った男湯と女湯を仕切る壁の方を指さす。

「いいじゃんいいじゃん。今はまだ正式にオープンしたんじゃないんだから」

かけ湯をして、タオルを巻きなおしたマリエルが僕の横に入ってくる。

「どうしてわざわざ一緒に入りに来たんだ？」

「ほら私達婚約者だし？　将来的に結婚するんだし？　そそそそのときのためにもう少しこういうことにも慣れておいていいんじゃないかなってててて」

顔が真っ赤だ。早くものぼせたのだろうか。心配だ。

そこからしばらく、二人無言で夜空を見上げる時間が続いた。どちらからともなく、お湯の中で手を繋いでいた。毎日同じベッドで寝ているが、お互い服を着ていない状態だからか、いつもよりも距離が近く感じられる。一晩中こうして星を見上げていたい気分だ。

このままマリエルを両腕で抱きしめたい気持ちもあるが、僕達はまだ許嫁の段階。今はこの距離でいい。

マリエルが立ち上がり、ゆっくりと僕の前へと回り込んでくる。

「ねぇ、メルキス……」

そして——

「おっとマリエル殿、温泉でのマナーとして手を繋ぐ以上の接触はご法度ですよ」

「ぎゃわ!?」

いつの間にか後ろにカエデが立っていた。カエデも同じく全身にタオルを巻いている。

「本来はタオルを巻いてお湯に浸かるのもマナー違反ですが、今回は主殿がいるので特別に良しとしましょう。しかし、温泉でそれ以上の濃厚な接触は見逃すわけにはいきません。我ながら空気を読めない発言だと思いますが、ご理解ください」

「べべべべつに、これ以上の接触なんてしようとしてなかったし!」

マリエルはそう言って元の場所に戻る。

「……タオル、外した方がいい?」

マリエルが耳元でささやく。

……きっとこれも、父上がさらわれる前にマリエルに頼んでいた試練に違いない。

僕は心を乱されぬよう、精神を鎮めることに集中する。

「おや？　このお湯、川の水を沸かしただけのものですが、何やら体を癒す効能が宿っていますね」

お湯に浸かっているカエデが分析する。

「きっとナスターシャ殿のブレスの効果ですね。レンガを焼いたときも質がいいものが作れましたし。レインボードラゴンの炎には不思議な力が宿っているのでしょう」

などと話していると、脱衣所の方から物音がする。

「ふぅ、やっと今日の分のお湯を沸かし終えましたぁ～。温泉楽しみですぅ～」

うきうきのナスターシャが温泉にやってきた。そして、

「キャアアアア！　メルキス様もいたんですかぁ!?」

僕がいたことに気付き、慌てて走り出して——

〝バッシャアアアン！〟

コケて、僕達がいたのとは別の湯船に派手に突っ込んでしまった。

「ナスターシャ殿、お湯に入る前にはかけ湯をするのがマナーですよ」

「ご、ごめんなさいぃ……」

髪までびしょ濡れになったナスターシャが水面から顔を出す。

「うーん、ここのお湯、ちょっとぬるいですねぇ～。もう少し温めてもいいですかぁ？」

「そうですか？　では是非お願いします、ナスターシャ殿」

人間形態のままナスターシャが口から加減した蒼い炎のブレスを吐いて、お湯を温める。

「さて、私も熱いお湯が好みなので移動するとします」

カエデがそう言って湯から上がり、ナスターシャが温めているお湯に足を突っ込む。

だが、

「あっっっっっっつい！」

足の先を湯に入れた瞬間、カエデが真上に飛び上がる。

そのまま落下すれば今度こそ熱湯に全身浸かることになる。

「忍法、水蜘蛛の術！」

カエデはお湯の上に立った。毎回思うが、シノビすごいな。

「普段クールなカエデちゃんがあそこまで慌てるなんて、なかなかレアなもの見ちゃったな～。にっしっし」

僕の隣でマリエルが楽しそうに笑っている。

「ご、ごめんなさいぃ～！　人間の体ってそんなに熱に弱いんですね、知りませんでしたぁ～」

「いえ、今のは私も不注意でした。他に誰も来ないでしょうし、今日だけはナスターシャ殿の好きな湯加減で楽しんでください。私は別の湯に浸かることにします」

「いいんですか？　ありがとうございますぅ～」

ナスターシャは嬉しそうにまたブレスでお湯を温め始める。

お湯が煮えてぐつぐついっているのだが、それでもナスターシャは楽しそうに入っている。レインボードラゴンの耐久力、恐るべし。

「いっそ、熱いお湯が好きなナスターシャ専用の温泉を作ってもいいかもしれないな」

「本当ですか⁉　だったら私、お湯じゃなくてマグマに浸かりたいですぅ〜！」

「マグマかぁ……それはちょっと難しいかもしれないな……」

などと話していると。

「完成したか。これは面白いな」

大賢者エンピナ様が入ってきた。体にタオルは巻いていない。

「ちょっとエンピナ様！　タオルくらい巻いてきてくださいよね！」

叫びながら、マリエルが僕の目を手で覆う。

僕も反射的に目を逸らしたが、咄嗟のことだったのでエンピナ様の白い肌が目に入ってしまった。

「うるさいのう。人間は細かいことにこだわるものだ」

エンピナ様からすれば僕は赤子同然の若者なのだろうが、こういうところは気にしてほしい。

脱衣所でタオルを巻き直したエンピナ様が戻ってくる。

「さて、実はいくつかの湯船は我が実験に使うことになっている。早速試してみるとしよう」

エンピナ様が、まだ誰も入っていない湯船のくぼみに魔石をはめ込んでいく。

「エンピナ様、それは一体何の意味があるんですか？」

「入ってみるとわかる」

僕はエンピナ様に手招きされるまま、湯船に移動する。

「これは……なんだか、ピリピリします」

「そうであろう。微弱な電気魔法を発生させる魔石を使って、周期的に電気を流しておる。肩こりの改善に繋がるはずだ」

最初は少し驚いたが、慣れてくると気分が良い。肩の筋肉が勝手に動いて、凝りがほぐれていくのだ。

僕はたっぷりと電気による凝りほぐしを楽しんだ。

さて、そろそろ上がるか、と思ったとき——

「メルキス君、ボクとサウナで勝負だ！」

勢いよくジャッホちゃんが現れた。

敗北に快感を見いだす以外は大変常識人なジャッホちゃんなので、タオルはきちんと巻いている。

「サウナ？」

「温泉の締めにはサウナと決まっている。さぁ、こっちへ」

僕達は温泉の片隅に建てられた、小さな小屋へ案内される。小屋に入ると。

「暑い！　なんだここは！」

小屋の中は、異常に湿度と気温が高くなっていた。

「そう、ここは蒸気で温められている空間なのさ。ここで体を温めて汗を流し、その後、水風呂に入って体を冷やす。それがサウナだ。免疫力を高めたり疲労回復したり、いろいろな効能があるのさ」

ジャッホちゃんが得意げに説明する。

「これは極東大陸にはなかった文化ですね。面白そうです」

「我も長く生きているがこれは初めて見るな」

「私も初めて見るね。ルディングトン家の村、確かうちの国の端にあるから、結構変わった文化が根付いてるのかな?」

「暖かくて気持ちいいですぅ～」

皆感想を述べながら、サウナ小屋の中の段に腰掛ける。

「そしてサウナには、我慢強さを比べるという文化も存在する。さぁメルキス君、どちらが長くサウナに居続けられるか、勝負といこう!」

というわけで、サウナでの耐久勝負が始まった。

「「「暑い……!」」」

開始から一分。さっそくみんな汗をたっぷりかいている。

しゃべると喉がヒリヒリする。

タオルで汗を拭っても、すぐにまた汗が出てくる。

暑い。

とにかく暑い。

しかし不思議と嫌ではない。

「私も、カエデちゃんには負けないからね」

「望むところです」

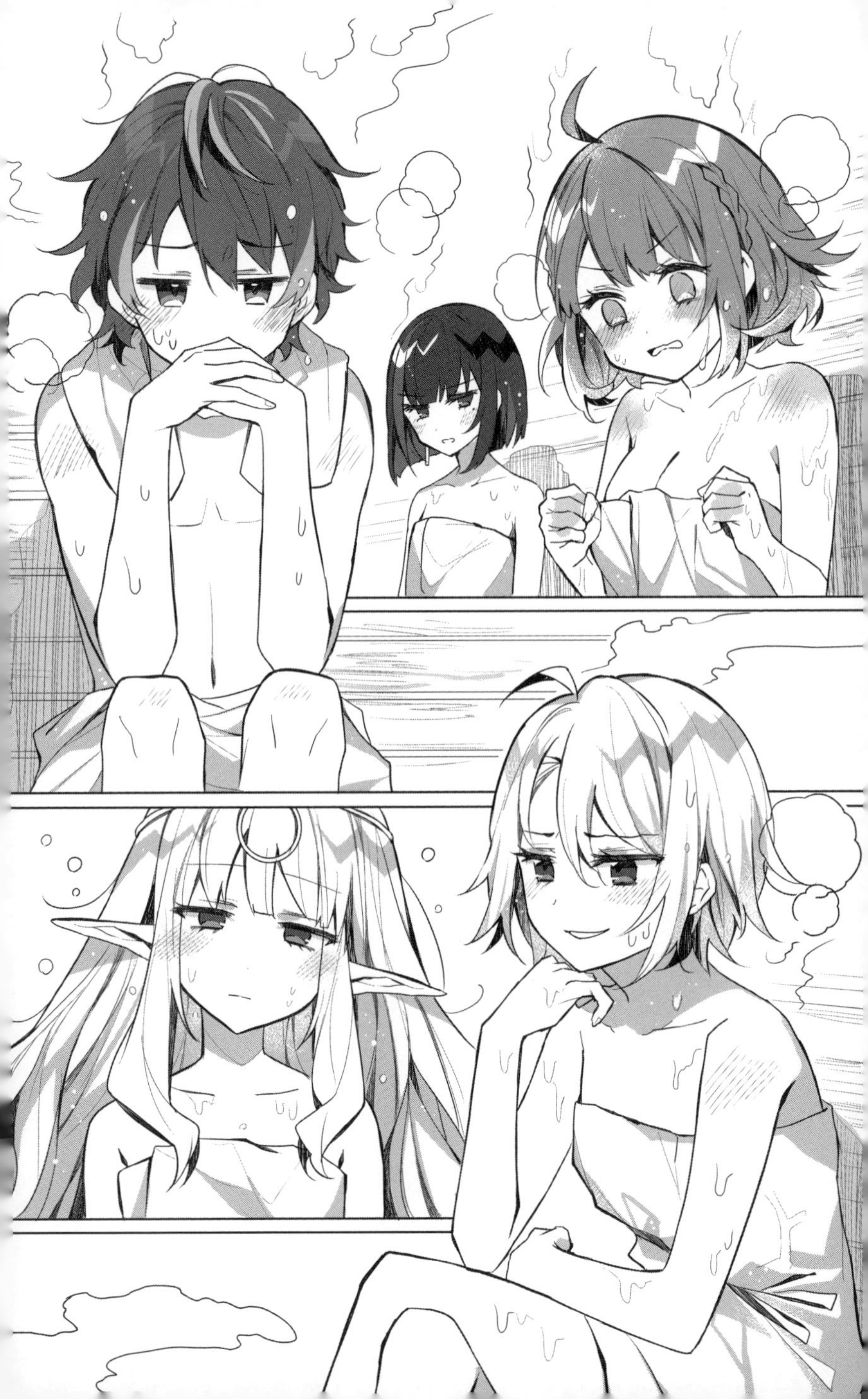

僕とジャッホちゃんだけではなく、マリエルとカエデも火花を散らしている。

我慢比べ大会になったサウナ室で、じわじわと時間が経っていく。

「だめだ。我はもう出るぞ」

最初に脱落したのは、意外なことにエンピナ様だった。

エンピナ様は魔法は滅法強いが、体は強くない。身体能力は一般人と同じかそれ以下である。

「ああ、水風呂が気持ち良い……！　そうだ、水風呂も魔法で改造できるかもしれぬ」

サウナの外で、エンピナ様がなにかを始めた。二つあるうちの水風呂の一つに魔石を取り付け、何らかの魔法を組み込んでいる。後でなにか聞いてみよう。

そしてジリジリと時間が経っていく。

「カエデちゃん、随分粘るじゃん？　汗だくだくだけど大丈夫？　無理せず出てもいいんだよ？」

「マリエル殿こそ、顔色が悪くはありませんか？　熱中症で倒れるような無様を晒す前に出た方が良いのでは？」

二人の間で火花が散っている。二人とももう限界のようだ。そして、

「無念……！　私はここまでのようです」

歯を食いしばりながらカエデが先にサウナから出た。

「やった！　カエデちゃんに勝った～！」

ご機嫌な様子でマリエルもサウナから出ていく。サウナにいた時間は数秒しか違わないのに、すごい勝ち誇り方だ。

「ぐぬぬぬ……！　次は負けませんからね」

「いーや！　次も私が勝つからね」

二人は水風呂の中で言い合っているようだ。

「二人とも、張り合うのはいいけど倒れない程度にな！」

「「はーい」」

サウナの外から元気な声が返ってくる。

サウナ小屋の扉のガラス窓から外が見える。二人が水風呂に浸かっている様子が目に入った。

いいなぁ、僕も今すぐ水風呂に入りたい……！

「メルキス君、出たければ出てもいいんだよ？」

「冗談だろ。まだまだ僕は余裕だ」

本当は今すぐ出たいが、勝負を受けてしまった以上そう易々と出ていくわけにはいかない。

もちろん無理して倒れるようなマネはしないが、無理のない範囲で居れるだけ居てやる。

時間がジリジリ経っていく。

「メルキス君、ボクはキミに圧倒的な敗北を味わわされたいと思っているが、同時にキミに勝利したいとも思っているんだ。この勝負、手を抜くつもりはないからね」

「ジャッホちゃん。村の仲間になったとはいえ、きみは僕の数少ないライバルだ。そのライバルに対して、どんな勝負であれ手を抜くようなマネはしないよ」

「さすがメルキス君。そうでなくては困るよ！」

ゆっくりと時間が過ぎていく。

水が飲みたい。水風呂に入りたい……！

僕はサウナに設置されている砂時計を見る。入ってから、信じられないくらい時間が経っていなかった。時間の流れがすごくゆっくりに感じられる。

僕とジャッホちゃんは、もはや言葉を交わす余裕すらない。ジリジリと時間が経っていく。

そして、

「負けたよ、メルキス君。初めてのサウナでここまで長居するとは。流石だよ」

言葉とは裏腹にとても満足そうにジャッホちゃんがサウナ小屋から出ていく。そして、体を流して水風呂に浸かる。

「ああ、気持ちいいねぇ……！」

気持ち良いのは水風呂に浸かったからなのかそれとも敗北したからなのか。とにかく楽しそうで何よりだ。

「さて、僕も出るとするか」

体を流してから浸かる水風呂は、とても気持ち良かった。とても爽やかな気分だ。

そして……、
小屋の中を見ると、ナスターシャがまだ平気そうな顔で入っていた。

念のため、無事か聞いておくか。僕は再びサウナ小屋の扉を開ける。

「ナスターシャ、随分長いこといるけど大丈夫か？」

「はい、ワタシは全然平気ですぅ。昔棲んでいた洞窟もこれくらいの気温でしたのでぇ〜。外の気温よりも、ワタシにはこちらの方が合っているかもしれません」

鼻歌まで歌って、大変ご機嫌だ。サウナがよほど気に入ったらしい。

僕はその後、マリエルと一緒にまた少し温泉に浸かった。

ジャッホちゃんは、サウナ好きらしくもう一度小屋に入っていった。

「温泉、いいなぁ……」

「いいよね、温泉。私、絶対毎日来る」

ぼーっとしながらまたマリエルと一緒に夜の空を見上げる。

しばらく、温泉にどんな設備があったらいいだとかそんな他愛もない話をしていた。

ふと僕は、エンピナ様がなにか作業しているのが目に入った。

そういえばさっきからずっと水風呂で何かの作業をしていた。

「エンピナ様、さっきから一体何をしているんですか？」

「これか？　氷属性魔法を使って水風呂を限界まで冷やしている。水は流れている間は氷点下でも凍らぬからな。せっかくなので微少な振動を与えることで凍らせずどこまで冷やせるか試している」

「話は聞かせてもらったよ！　せっかくだ、エンピナ様が技術をつぎ込んで作った水風呂、最初にボクに体験させてほしい」

ジャッホちゃんが勢いよくサウナから出てきた。体を流して、

「待て異常性癖者、その風呂は冷やしすぎていて今入ると体に悪いぞ」

と止めるのを無視して足を踏み入れる。

そして――

硬直した。

「エンピナ様、その水風呂今何度まで冷やしているんですか？」

「マイナス五九度だ」

「冷やしすぎですよ！」

僕は慌ててジャッホちゃんを引き上げる。ジャッホちゃんは完全に凍り付いていた。

「だから我は止めたというのに……」

急いでサウナ小屋にみんなで運び込んで回復魔法をかけると、なんとかジャッホちゃんは目を覚ました。

「ありがとうメルキス君、これからはサウナと水風呂は無理せず健康にいい範囲で楽しむことにするよ」

「我も健康に影響のない範囲で風呂を改造する」

「そうしてください」

その後水風呂の温度は適温に調整された。

そして翌日からついに、正式オープンする。今日からは当然男女に分かれて入るようになっている。

「あぁー、訓練の疲れが抜けていくぜぇ～！」

タイムロットさんをはじめ村のみんなも、大満足してくれているみたいだ。

温泉から出た後には、極東大陸で人気のイチゴ牛乳やコーヒー牛乳が用意されている。ここにもエンピナ様の技術が使われていて、冷えたドリンクを楽しむことができる。

僕も、剣の訓練で汗を流した後、温泉でリフレッシュしてきたところだ。

こうして、村はまた一つ発展を遂げたのだった。


〇〇〇〇〇〇〇村の設備一覧〇〇〇〇〇〇〇〇〇〇
①村を囲う防壁
②全シーズン野菜が育つ広大な畑
③レインボードラゴンのレンガ焼き窯&一日一枚の鱗生産（一〇〇万ゴールド）
④大魔法図書館［Upgrade!!］
⑤広場と公園
⑥華やかな植え込み
⑦釣り用桟橋
⑧極東風公園
⑨極東料理用の畑
⑩温泉&サウナ［New!!］
〇〇〇〇〇〇〇〇〇〇〇〇〇〇〇〇〇〇〇〇〇〇〇〇

『【根源魔法】
・見た魔法を完全な状態で扱うことができる
・二つの魔法を融合させ、新しい魔法を生み出す

○使用可能な魔法一覧
・火属性魔法〝ファイアーボール〟
・聖属性魔法〝ホーリー〟
・身体能力強化魔法〝フォースブースト〟
・回復魔法〝ローヒール〟
・土属性魔法〝ソイルウォール〟
・植物魔法〝グローアップ〟
・永続バフ魔法〝刻印魔法〟（ギフト）
・氷属性魔法〝アイスニードル〟
・風属性魔法〝ウインドカッター〟
・地属性魔法〝ロックエッジ〟
・氷属性魔法〝ブリザード〟
・雷属性魔法〝ライトニングスパーク〟

・呪詛魔法〝カースバインド〟
・呪詛魔法〝マナドレイン〟
・呪詛魔法〝ダークビジョン〟
・地属性魔法〝アースコフィン〟
・氷属性魔法〝サモン・スノーフェアリー〟
・闇属性魔法〝ダークメテオ〟
・闇属性魔法〝サモン・ケルベロス〟』

――王国武闘大会から数日後の、ロードベルグ伯爵家。

ザッハークと魔族の男がいなくなり、屋敷にはカストルと使用人達しかいなくなった。

伯爵家の敷地内にある訓練場で、カストルは刃のついていない訓練用の剣を振るっている。

技を受け止めているのは、人の形をした木製の練習台だ。人形練習台の顔部分には、メルキスの顔の絵が描いてあった。

このメルキス練習台を剣で叩くのが、メルキスが追放されてからのカストルの憂さ晴らしの方法だった。

しかし、カストルは剣でメルキスの顔の絵を叩こうとして、寸前で止める。

「なんでだよ……」

カストルは、剣を取り落とす。

「なんで、なんで俺なんかを助けたんだよメルキス兄貴！　メルキス兄貴がハズレギフトを授かったとき、あんな酷いことしたのに……！　俺は自業自得で魔王復活の核にされたっていうのに。どうして！」

答えが出ない苛立ちをぶつけるように、カストルはメルキスの絵が描かれていない練習台にがむしゃらに剣を振るい続けた。

特別短編

SAIKYOGIFT DE
RYOCHI KEIEI SLOWLIFE

ある日の昼下がり。

「今日もナスターシャ殿の上での昼寝は最高ですねぇ」

カエデは昼寝を満喫していた。

ドラゴン形態で昼寝をするナスターシャの背中で眠るのが、カエデの最近の日課になっていた。

ちなみに、ナスターシャは一度も自分の上で眠ることを許可したことがない。

「この安定感。心地良い揺れ。絶妙な温かさ。これほど昼寝に適した場所はありません」

カエデは満足そうにしている。

「ほう。汝、面白いことをしておるな」

声をかけたのは、通りかかった大賢者エンピナだった。

「高位種のドラゴンの上で昼寝とは、自殺行為にしか見えぬぞ」

「大丈夫ですよ。ナスターシャ殿は温厚なドラゴンです。どうです、大賢者殿も試してみては？」

「我はそんな下らん誘いには乗らぬ……と言いたいところだが。汝が持ち込んだ極東大陸の料理は美味である。汝の誘いであれば、乗ってみる価値くらいはありそうだ」

エンピナが風属性魔法を使って舞い上がり、ナスターシャの背中に降り立つ。

そして、ごろんとナスターシャの背中に倒れ込む。

「これは……！」

エンピナが目を輝かせる。

「良いではないか、ドラゴンの上での昼寝。硬くて不安定と思いきや、これがなんとも心地よい。やるではないか、カエデ」

エンピナはカエデと並んで横たわる。

「……しかしこうなると、アレが欲しくなるな」

「ええ。昼はまだ暖かいとはいえ、柔らかい毛布か何かが欲しいところですね。それさえあれば完璧です」

「毛布か。……我に考えがある。しばし待っておれ」

エンピナが風に乗ってどこかへ去っていく。

――数分後。

「用意したぞ」

エンピナがキャト族二人をナスターシャの背中に連れてきた。

「どうしたんですかニャ、エンピナ様⁉」

「何のご用ですニャ？」

「なに。たいした用事ではない。我と一緒に昼寝しよう」

抱き枕にして寝始める。

「この温もり。この毛皮の肌触り。思った通り、昼寝にちょうど良い」

キャト族を抱きしめたまま、エンピナはあっという間に眠りに落ちていった。

「では私も失礼して」

カエデも、もう一人のキャト族を抱える。そしてあっという間に眠りに落ちていく。

「ボクも眠くなってきたのニャ」

「ナスターシャさんの上、なんだか心地が良いのニャ」

キャト族達もまた、安らかに眠りに落ちていった。

……それからしばらくして。

目が覚めたナスターシャが、首を持ち上げて背中を見つめる。

「あのう……どうしてワタシの背中の上で昼寝する人が増えているんでしょうか……？」

ナスターシャは困惑していた。

◇◇◇

ある日のこと。

今日は珍しく自由な時間ができたため、久しぶりに僕は自室でくつろいでいる。

「誰も見てないよな……？」

僕は窓の外を確認しカーテンを閉める。念のためドアのカギもかけておく。

これで今から僕が何をしようと、（天井裏で護衛してくれているカエデ以外には）誰にもバレることはない。

僕は、そっと壁に飾っていた剣を手に取る。王都武闘大会の優勝賞品として国王陛下から授かった、〝宝剣イングマール〟だ。

鞘から抜くと、美しい刀身が現れる。

「何度見ても、綺麗な刃だ……」

初めて見るわけではないのに、その美しさに見入ってしまう。

最高級合金である刃は、丹念に磨き上げられた鏡のようだ。映り込んだ僕の髪の一本一本まではっきりと見ることができる。

柄の部分の装飾も見事だ。実用性を損なわないように細心の注意を払ってデザインされた、とても丹念な装飾が施されている。

ちなみに何故僕がコソコソとまるで違法な物でも扱うかのように国王陛下にいただいた宝剣を鑑賞しているかというと、外でこの宝剣を見ていると、

『領主サマ、あんなに楽しそうに新しい宝剣見てるよ……俺達が贈った剣もあるのに……』

『あっちの剣の方が価値があるに決まってるよな……きっと領主様はこれから国王陛下にいただいた新しい剣を使うようになるんだろうな……寂しいな……』

『私達がメルキス様に贈った剣、捨てられてしまうのでしょうか……?』

という念のこもった視線で見られるので、いたたまれなくてこうして隠れて新しい剣を眺めているのだ。

「4式、〝紅斬〟」

僕は部屋のものを破壊しないように気を遣いながら、型を繰り出す。振ればさらに、この剣の良さがわかる。

なのだが……、

「どうも、サイズが合わないんだよなぁ」

寸法。重量。重心。少しでもずれると、剣は手に馴染まない。

この剣は今使っているものよりも五センチほど短い。

もちろんある程度は使えるし、カストルとの戦いで使ったあの連続攻撃も問題なく披露できるだろう。

だが、少しでも手に馴染まない剣を使っているとわずかに技のキレが悪くなる。そのほんの僅かが、実力伯仲の相手との戦いの中、勝敗を分かつこともあるのだ。

村のみんなに貰った剣は、僕に合うように選んでもらっただけあって、ものすごくよく手に馴染む。

「陛下からいただいた剣は、予備として持っておくことにしよう」

僕は陛下から貰った剣を壁に戻す。

とはいえ村人の皆さんに貰った剣は、魔王パラナッシュとの戦いでヒビが入ってしまった。

村の鍛冶屋さんで修理してもらったのだが、ダメージは完全に修復できない。

近いうちに新しいものを買う必要がある。

――そのときだった。

『メルキス、聞こえますか。メルキス』

頭の中に、聞き覚えのある女性の声が響く。

「ここは、前と同じ――」

僕はまた、大理石で作られた白亜の神殿に立っていた。

『メルキス。今回も時間がありません。手短に要件を伝えます』

そしてまた、黄金の輝きを放つ女神アルカディアス様が神殿の奥に鎮座(ちんざ)していた。

『最悪の、あってはならないことが起きてしまいました。これは、人類の危機です。落ち着いて聞いてください。【勇者】のギフトを持つ者が、魔族に寝返りました』

「なんですって、【勇者】が人類の敵に⁉」

勇者の伝説を知らぬ者はいない。

――三〇〇年前、かねてから人類と敵対していた魔族が、ついにモンスターの軍勢を率いて侵攻し始めた。

人類側は武器を取って戦ったが、強力なモンスターの群れに対して手も足も出ず、各地で敗戦が続いた。

そんな中ある街がモンスターの群れに滅ぼされようとしていた。

だが、その街の一人の人間が【勇者】のギフトに覚醒。強力無比なその力で街を救った。

その後勇者は仲間とともに各地を巡って魔族を撃破し続け、人類と魔族の戦力のバランスを大きく変えた。

何柱もいた魔王も、勇者とその仲間達で半分以上撃破したのだという。王都で戦った魔王パラナッシュも、一度勇者によって倒されている。

途中で仲間を失いながらも勇者は魔族の数を減らし続け、そして最後に魔族の本拠地へと乗り込み

――魔族を全滅させた後、力尽きた。

それが、語り継がれている三〇〇年前の勇者の伝説である。

『【勇者】のギフトは誰にでも扱えるものではありません。適合する人間は数百年に一人。そして、私の未来予測によって人類のために戦う運命にあることを確認したうえで【勇者】のギフトを授けています。しかし、魔族の介入によってその運命が捻じ曲げられてしまいました』

僕は黙って女神アルカディアス様の話を聞く。もしや、伝説の【勇者】のギフトを持つ者と戦うことになるとは。

『メルキス、貴方はまだまだ成長途中ですが、貴方に授けたギフト【根源魔法】は【勇者】を超える力があります。その力で魔族の側についた勇者を打ち倒すのです』

女神アルカディアス様から光の球が飛び出し、僕の中に入ってくる。

『【根源魔法】に新たな力を追加しました。その名も【勇者剥奪】。倒した【勇者】のギフトを回収することができます。残念ながら、手に入れたギフトを自分で扱うことはできませんが』

女神アルカディアス様の姿が、薄れていく。そろそろ話せる時間が終わるようだ。

『そして最後に一つ言っておきます。貴方は、自分の父上についてまるでわかっていません。あの男は――』

「ええ、わかっています。僕は父上の偉大さについて、まだ全然理解できていません」

『いえ、そうではなくて――』

「正直、僕はまだ父上の行動について理解できていない部分があります。でもそれはきっと僕が未熟だからで――」

『ちょっと』

「例えば、伯爵家にいたとき父上が――」

『オイこら』

「あのとき父上が何故あんなことをしていたのか今でも――」

『人の話を聞きなさあああああい!!』

そう言い残して、女神アルカディアス様は消滅した。僕はまた、何事もなかったかのように自室に立っている。

〝コンコン〟

誰かがドアをノックする。開けると、カエデがひざまずいていた。

「主殿、ご報告いたします。只今我が部下が、魔族を発見しました」

「本当か！」

「はい。ある村を魔族が襲撃しています」

「わかった。すぐに行こう。父上の手がかりがあるかもしれないし、何より村の住人を助けないと」

それに、もしかすると魔族の側についた勇者もいるかもしれない。

「ところで、その村の名前は？」

「サンタゴ村。山奥にある、ドワーフ族が隠れ住む村です」

「よし、村の守りはエンピナ様に任せて、冒険者とシノビ全員を動員して今すぐ助けに行くぞ！」

こうして、魔族との新たな戦いが幕を開けた。

《了》

特別付録

SAIKYOGIFT DE
RYOCHI KEIEI SLOWLIFE

――オマケ　登場人物達の現時点での戦闘力ランキング――

※王国闘技場　一対一を想定

1 メルキス

スピード・火力・技術・判断力　全て高水準で揃っている。

魔法融合によってその場に最適な魔法を生み出せるため対応力が抜群に高い。

単なる魔法使いだと思って近接戦を挑むと高威力の剣技で八つ裂き（文字通りの意味）にされる。

普段あまり使うことはないが、伯爵家で学んだので弓や格闘術も高いレベルにある。

状況に応じて魔法か剣の最適な方を選択するが、本人は剣での戦いが好き。

素の耐久力だけは他の村人と同水準。大技が直撃すると一発で致命傷になり得る。

2 魔王パラナッシュ

三〇〇年振りに目覚めたら三分で永眠させられたねぼすけ魔王。

火力と耐久性が高く、真っ向から敵をねじ伏せる戦いが得意。魔法と剣術どちらでも戦える。

特に、魔法無効化結界を持っているので魔法使い相手には滅法強い。

3 大賢者エンピナ

火力も手数もあって使える魔法の数がメルキスの次に多いオールラウンダー。

魔法の探求者であり普段は研究ばかりしているイメージだが、長生きしている分戦闘経験は豊富。

三〇〇年前の大戦では人間の軍隊を指揮したこともあり、軍略などにも実は詳しい。

体を動かすのは苦手で、魔法を使わない戦いでは一般人にも負ける。

4 カエデ

専門は暗殺だが、真っ向からの戦闘でもこの位置につける。

基本的なスペックがかなり高い。特にスピードは圧倒的に高く、村の中でもトップクラス。

手裏剣などの飛び道具と近接戦闘のナイフでどの間合いでも戦える。他にも数々の忍法を扱い相手を翻弄(ほんろう)する。

被害が大きくなるので普段はやらないが、ギフトの力で毒の霧を発生させて広範囲の敵をまとめて毒殺することも可能。

5 ジャッホ

とにかく速い。

メルキスの村に来て強化されてからは、かなりの速さを誇っている。ただでさえ速かったのが強化されて手に負えなくなった。

ただし、体に負担がかかるギフトであるため最高速度で動ける時間は短い。

剣術の腕はザッハークの上、メルキスの下という位置づけ。

一時的に自分の速さを三〇倍に加速するギフト『アクセラレーション』は時間が経つと反動でしばらく動けなくなるので、敵が延々と出てくるような乱戦は苦手。

6 タイムロット

名前のあるモブおじさんことタイムロットさんがここに入る。

メルキスに刻印魔法をかけて貰う以前から、仲間からの人望も厚いし戦闘力も一般冒険者としてはかなり高めと、田舎の村にしてはかなり有能な人材だった。

【刻印魔法】で強化された今は、ハミガキしながら剣聖をボコボコにできる戦闘力を誇る。

7 村の冒険者達

タイムロット以外の冒険者達はこの位置。図書館に大賢者エンピナの本が大量入荷してからは戦闘力がさらに大幅に上がっている。

8 村のシノビ達

戦闘訓練も積んでいるが、暗殺や諜報能力が高い分、正面きっての戦いは少し苦手。

9 巨大ニワトリ（突然変異コカトリス）

〇・三秒で相手を石化させるビームを目から出し、キックは一発で樹木をへし折る。

もしメルキスの父ザッハークが村に来て最初にニワトリ小屋に侵入していたらニワトリのオヤツになっていた（ニワトリは肉食）。

10 ミノタウロス

よく登場するモンスターなので忘れられがちだが、世間的にはかなり強い。

騎士団の精鋭数十人がかりで何とか倒せるレベル。

11 村のキャト族

元々戦闘力は高くないが、刻印魔法の力でスピードとパワーが跳ね上がってこの位置に。

スピードだけならカエデ、メルキス、ジャッホと並んで村で最速クラス。

12 村の子供

ただ棒を振り回している子供だが、スピードとパワーが常識はずれに高いのでこの位置に。

村の中ではほぼ最弱（まだ下がいる）。

13 **ザッハーク**

メルキスの父ザッハークは、僅差で村の子供より下にランクイン。

権力争いとかしている間にもう少し剣術の修行をしていればギリギリ勝てたかもしれない。

14 **カストル**

同じ【剣聖】のギフトを持つ父よりもまだ弱い。将来的にはどうなるか。
魔族の力を借りてブーストしたときは、村の冒険者と同じくらいの戦闘力だった。

15 **(参考) 一般的な王都の騎士**

一般的な騎士団員はここに入る。

16 **(参考) ザリガニ**

そこら辺の池にたくさん生息している、普通のザリガニ。
相手がいくら大きくてもハサミを振り上げて威嚇する勇敢な生き物。
ただし一般人にも踏み潰されて負けるほど弱い。

17 **ナスターシャ**

ザリガニに負ける(ザリガニに威嚇されただけで涙目で降参する)。

本人は全く攻撃する意志がない、作中最弱。

ただし防御力は作中最強で、いまだに村の冒険者達では傷一つつけられない。村が誇る最強の盾。

あとがき

こんにちは、音速炒飯です。

このたびは二巻を手に取っていただき、ありがとうございます！

二巻から読み始める人はいないと思うので、おそらくこの本を読んでくださっている皆さんは一巻をすでに読んでくださった方かと思います。

一巻を読んで『続きを読みたい』と思ってもらえたというのは、作者としてとても嬉しいです。本当にありがとうございます！

イラストは今回も、riritto 先生に手がけていただいております。

二巻メインキャラクターのエンピナ様、とても良い感じにデザインしていただきました。幼い少女のようでありながらミステリアスな雰囲気で強そうな感じ、という相反する要素を詰め込んだ無茶振りに答えていただきました。本当にありがとうございます。

キャラクターデザインをいただくたびに、毎回『すっごい良い仕上がり！　最高〜！』ととてもテンションが上がりしばらく作業が手につかなくなります。小説を書いていて、一番楽しい瞬間かもしれません。

さて話は変わりますが、この本はコミカライズ単行本と同時発売と聞いております。

コミカライズ単行本一巻には、特典ＳＳを書かせていただいております。

いわゆる現代パロディで、現代日本を舞台に企業の社長息子であるメルキスがとある事情から追放されるところから始まるストーリーを書かせていただきました！

さて、『出せれば』という仮定の話にはなってしまいますが。小説版三巻では、ストックしてある案の中で最強の〝切り札〟と呼べるキャラクターを登場させる予定です。

『このキャラクターが動いてしゃべっているだけで絶対に面白くなる』という確信があり、実際に書いているときにすごく手応えを感じているキャラクターです。

一巻を執筆している段階でこのアイデアは存在していたのですが、『このキャラクターを出したら、主人公より暴れ回って出番が多くなってしまうのでは？』という理由から封印していました。このキャラクターと主人公のメルキス、そして他のキャラクターの関係を色々調整して、いよいよ実戦投入が可能となりました。お楽しみに！

最後になりますが、謝辞を。

担当K様。一巻から引き続き作品出版に関わる諸々の編集作業をありがとうございます。

知人Aさん。一巻売れ行きを気にしてガタガタだったメンタルを支えてくれて凄く助かりました。

riritto様。今回もとても素晴らしいイラストをありがとうございます。エンピナ様のキャラクターデザイン、本当に最高です！

そして本作をご購入頂いた皆様に、最大限の感謝を！　作品を楽しんでいただけたというのが、作者にとって何より嬉しいことです。

それでは、三巻でまたお会いできればと思います。

音速炒飯

唯一無二の最強テイマー
～国の全てのギルドで門前払いされたから、
他国に行ってスローライフします～
原作：赤金武蔵　漫画：田村紘一
キャラクター原案：LLLthika
異世界還りのおっさんは
終末世界で無双する
原作：羽々音色　漫画：ダンタガワ
処刑された聖女は
死霊となって舞い戻る
原作：緒二葉　漫画：蚊
キャラクター原案：みなせなぎ

最強ギフトで領地経営スローライフ2
～辺境の村を開拓していたら英雄級の人材がわんさかやってきた！～

発　行
2023年6月15日　初版発行

著　者
音速炒飯

発行人
山崎　篤

発行・発売
株式会社一二三書房
〒101-0003　東京都千代田区一ツ橋2-4-3 光文恒産ビル
03-3265-1881

編集協力
株式会社パルプライド

印　刷
中央精版印刷株式会社

作品の感想、ファンレターをお待ちしております。
〒101-0003　東京都千代田区一ツ橋2-4-3 光文恒産ビル
株式会社一二三書房
音速炒飯 先生／riritto 先生

Printed in Japan, ISBN 978-4-89199-976-6 C0093
※本書は小説投稿サイト「小説家になろう」（https://syosetu.com/）に
掲載された作品を加筆修正し書籍化したものです。